罠

西川三郎

幻冬舎文庫

罠

目次

第一章　救う女

1

石田真人は雨が降らないかぎり、火曜定休日は欠かさず早朝散歩に出る。妻の紗栄子はまだダブルベッドで眠っている。

真人の散歩コースは決まっている。横浜のみなとみらい21にある三十階建てのタワーマンションを朝の五時半に出て徒歩で十分の臨港パークに向かい、日の出を見る。潮の香りを思いきり吸うと、インターコンチネンタルホテルの横を抜け、パシフィコ横浜沿いの舗道を通り帰宅する。所要時間は三十分だが、それこそ休日朝の貴重なリフレッシュタイムだった。

その日は五月十六日の火曜日で、臨港パークから見る横浜港にはまぶしい朝日が昇り、海面はさざ波にゆれ、やわらかい陽差しが澄んだ青空からふりそそいでいた。刷毛ではいたような青い空がどこまでも広がっている。公園内には濃い緑の葉をつけた木々が茂り、広い芝生では二組の老夫婦が愛犬を散歩させていた。

紺のジャージ姿の真人は芝生を横切り、何人かの老若男女がジョギングする湾沿いの石畳を歩く。

五年前、大阪支店勤務を経て丸の内にある太平自動車本社の管理部課長に抜擢された。一年社宅住まいをしてから、念願叶い、みなとみらい21に建つタワーマンション十五階の2LDKの部屋を購入したのである。

だが、一年前の辞令により、みなとみらい地区の隣町にある神奈川太平自動車販売本社の取締役管理部長として出向することになった。役員とはいえ片道切符の子会社行き、四十五歳で太平自動車本体での栄達の夢は消えたのだった。おまけに販社役員の定休日は火曜だけで土日出勤。完全週休二日制に馴染んでいた真人は、趣味のゴルフもままならない日々を送ることになった。

いつもの通りインターコンチネンタルホテルを抜け、パシフィコ横浜沿いの直線で百メートルはある舗道にさしかかったときだった。幅約二メートルの舗道の両側に咲き誇る紅いツツジが目に染みたが、前方からタバコの煙が漂ってきた。臭かった。焦げ茶の上下ジャージに頭髪を短く刈った中肉中背の地味な老人が、右手でタバコを持ち口に咥《くわ》えて煙をまき散らしている。

一本目は耐えた。老人は吸殻を舗道に捨てると右足でふみつぶした。そしてすぐタバコを取り出し、また吸い始めた。

真人も以前はヘビースモーカーだったが、禁煙に成功してからというもの、異常なまでの嫌煙家になった。おまけに老人は舗道を塞ぐように闊歩している。

「タバコ、止めてくれませんか」

真人は頭にきた。五十メートル付近で老人に追いつき注意した。

「俺に、なんか言ったか」

おもむろに振り返った老人の顔を見て、真人は狼狽した。右頬にミミズが走っているような傷跡と、日焼けした精悍な顔。

そのとき脳裏に十年前の記憶がフラッシュバックした。

それは通勤途上の最寄駅に向かう道でのことだった。後ろから男の甲高い声がした。「臭いんだよ！　タバコの煙が……」振り向くと、禿げ頭に顔の皺《しわ》がめだつ偏屈そうな老人で、大袈裟に手で煙をはらうしぐさをしている。当時路上喫煙は見慣れた光景だったが、「向こうに行け！　邪魔だ」と言われて真人は切れた。この糞爺！　と心の中で叫ぶと足が自然に老人に向いた。ぶっ殺してやりたくなる衝動にかられたのである。

「おまえこそ向こうに行けよ」

真人の見幕に老人はたじろいだのか、「悪いのはおまえだからな。反省しろ」と言うなり、逃げるように立ち去ったのだった。

あのときと逆の立場となった今、このまま黙って見過ごす心境にはなれなかった。

「ここは路上禁煙区域じゃないですか」

絞り出すような声だった。

「どこに喫煙禁止と書いてある」

眉間に皺を寄せ、顔をまえに突き出すようにし、口をへの字に曲げて老人が真人の横にひっついた。真人は一歩も動けず路上に棒立ちとなった。午前六時、人通りはない。

タバコの先端が真人の顔に近づいてくる。思わず顔をそむけ、「神奈川県の条例で……」と言ったもののあとが続かない。

「条例な……」老人はニヤッと嗤《わら》って言った。「それなら、おまえの顔で火を消すか」

真人の心臓が凍った。だが、足がすくんで動ける状態ではなかった。

「すみません」

恐怖で真人はアスファルトにひざまずいていた。

「謝ってるつもりか」

老人が難癖をつける。足蹴にされるのではないかという恐怖が真人を襲った。

「何をされているのですか？」

白い毛に黒い目と鼻が可愛い、小さなチワワのリードを引いた女性が声をかけてきた。チワワがアスファルトの上の真人をじっと見つめている。

「誰だおまえ」

老人は女性を威嚇した。

「ですから、何をされているのか、お訊《き》きしているのです」

女に怯《ひる》む気配はない。三十五歳前後のすらりとした気品のある女性だった。

「この男が俺を見くびったもんで、注意した」

「タバコの火を、押し付けようとしているように見えました」

女は毅然と言い放った。

「あんた、ここは黙って通り過ぎたほうが身のためと違うか」

老人が女を窘《たしな》めた。

「すぐそばに、みなとみらい交番があります。警官を呼びましょうか」

女に動揺した様子はない。チワワが、老人に向かってワンワンと吠えている。

「警官だと……呼べるなら、呼んでみるか」

老人の顔がこわばる。

「わかりました。携帯で110番通報します」

女は片手でチワワを抱き上げると、スマートフォンを取り出した。

「あんた、いい度胸してるじゃないか」老人の表情がゆるみ、白い歯が見えた。

「わかったよ」

捨てゼリフというよりも女に感心したような言葉を吐いて、老人は立ち去った。

女の腕でチワワがワンと吠えた。

真人は立ち上がり、ありがとうございましたと礼を述べ、深々と頭をさげた。チワワをおろして立ち去る女を茫然と見つめるしかなく、助けてくれた女性の名前ぐらいせめて訊いておきたかったが、叶わなかった。

終わってみれば早朝の散歩中のある出来事にすぎなかったのだが、もし彼女の仲裁がなければと思うと、身震いがした。

真人は足早にみなとみらいにある自宅マンションにもどった。

石田真人が住む三十階建てのタワーマンションにはエレベーターが六基、高層用と低層用がそれぞれに三基備えられている。真人は十五階の2LDKに妻の紗栄子とふたり暮らしで、エレベーターは低層用を利用し、奥にある高層用のエレベーターに乗ることはなかった。

帰宅するまえに先ほどの動揺を抑えておかないと、また話好きの妻の紗栄子に心の中を探られる。今朝の顛末はまさに格好の話題だ。その話で午前中が終わってしまう。

気持ちを静めるために真人はマンション内にあるアスレチックジムに寄ることにした。ジムに行くには高層用のエレベーターに乗る必要がある。

そのエレベーターホールに先ほど別れたばかりのチワワの女性がいた。

真人の心臓は高鳴った。だが、声をかける勇気はなかった。素知らぬ顔で反対側のエレベーターに逃げようとすると、抱っこされたチワワが真人にワンワンと吠えた。

「あらっ、もしかしたら同じマンションでしたか？」

真人に気づいた女性のまぶしい笑顔に、「いや、びっくりしました」と、予期せぬ事態に動揺し頭が真っ白になった。

エレベーターの扉が開き同乗すると、先ほど助けてもらった負い目か、それとも女の気高さに圧倒されたか言葉が出てこない。エレベーターが上昇し、今度は女の上品な香水の匂いに蠱惑《こわく》された。

「わたしは二十五階ですが、何階ですか？」

「えーと、ジムに行きます」

「十八階ですね」

女は十八階のボタンを押した。

「先ほどは助かりました。改めてお礼をしたいのですが、部屋番号をお訊きしてもよろしいですか」

拒否されると思うと顔に冷や汗が出て、掌も発汗した。

「2510号室の山本玲子です」

意外な言葉と同時に、十八階でエレベーターの扉が開いた。

「……失礼します。ありがとうございました」

玲子に深々と頭をさげると、抱っこされたチワワがまたワンと吠えた。

ジムには誰もいなかった。ランニングマシーンで走りながら真人は今朝の出来事を反芻《はんすう》した。

それにしても冴えない年寄りと軽くみたせいで、空恐ろしい結末を招くところであった。

タバコなしでは生きられないほどの愛煙家だった男が禁煙に成功したら、異常なまでの嫌煙家になった。まるで愛した女と別れた途端、欠点だけをクローズアップして嫌悪するようにである。

マシーンが速くなり、額から汗が出てきた。それにしても玲子という女性のあの物怖じしない態度と肚の据わり方は、普通の主婦とは違う。独身のキャリアウーマンか、あるいは誰か大物の愛人か。真人の妄想は広がるばかりであったが、七時近くになったので、十五階の自宅にもどり、朝食を摂ることにした。

妻の紗栄子はピンク地のエプロン姿で朝食の準備をしていた。真人はダイニングテーブルの椅子に腰掛け、朝刊に目を通す。

「何かあったの？」

キッチンから紗栄子が見透かしたような訊き方をした。

「いや、何もないよ。久しぶりにジムでトレーニングした」

「それで遅かったの」

真人は何かにつけて紗栄子に報告することが習性になっていた。寒いとか暑い、風が強いとか朝日が綺麗だとか可愛い犬がいたとか、帰宅して何かを報告しないと落ち着かない性格なのだ。結婚して十三年、紗栄子は相変わらず多弁だったが、いっぽう聞き役に徹する大らかさも兼ね備えた専業主婦だった。

そして夫婦ふたりだけの朝食がはじまったが、真人は朝刊を読みながら黙って箸を動かし、紗栄子と目を合わさなかった。

「どうしたの？　今朝はいつもの真人と違うわよ」

紗栄子の探るような目が真人を射る。

「そうかなあ……」

「何かあったでしょ……言いたくてうずうずしてる顔だわねえ」

屈託のない笑い声に、つい話したくなったが、真人は思いとどまり話題をそらした。

「いや、部屋数が三百もあれば、とんでもない住人がこのマンションにもいるんじゃないかと思ってさ」

「有名人とか、そういうこと？」

紗栄子の反応に、今朝の頬に創《きず》がある老人の顔が浮かんだ。

「いや、たとえばやくざ者とか……」

「そんな人、いるわけないいじゃない」

「ミセス・ワタナベの会で、変わった人物の噂とか出ないのか？」

「変わった人物って、どういう人？」紗栄子は真人の顔を覗き込み訊いた。「今朝、なんか、あったんじゃないの。エレベーターでやくざ者と同乗し、言いがかりをつけられ怖かったとか」

「別に」

「すぐ否定されると、勘繰りたくなるけど、まあいいか。たいした話じゃないもんね」

紗栄子は含み笑いをし、流しで食器を洗い出した。

テレビ台の上にあるカレンダーの今日の日にちに赤い丸印があった。近寄ってみると、今日の十二時からこの部屋で〈ミセス・ワタナベの会〉の例会が予定されている。

会のメンバーはこのマンションの主婦四人。週ごとの輪番制で手料理を持ち寄りランチをしながら、為替の動向を議論し、スマホでFX（外国為替証拠金取引）決済をする。手と口が同時に動く忙しい連中だ。

プロのトレーダーたちが怒号の飛び交う中、何億もの決済を絶え間なくする場面を真人はテレビで観たことがある。

このマンションの〈ミセス・ワタナベの会〉の主婦たちは、もちろん小遣い銭を稼ぐ程度の小口投資だ。紗栄子もつい半年前、二万円儲けて、今夜の夕食はステーキだわよとか言って喜んでいた。

真人はFXに興味がない。だがなぜミセス・ワタナベと呼ぶのか疑問に思い、ネットで調べたことがある。イギリスの経済誌「エコノミスト」が日本の代表的な姓「ワタナベ」にちなんで使うようになったらしいが、その背景は、お昼をはさみ午後になると、相場を反転させるようなさしたる要因がないのに、反対方向（主にドル買い）に振れる現象がしばしば見られたことがきっかけだった。いわゆる逆張りである。調査の結果、日本の主婦やサラリーマンなど、個人のFX投資家が昼休みを利用して一斉に円売り・ドル買いの注文を出していたことが判明した。この集団が世界の為替相場を動かす勢力に育った。それで、午後イチで決済するその投資家を総称し、「ミセス・ワタナベ」と呼ぶようになった。

半年前に自宅でランチ例会があり、真人も興味本位で参加したことがある。

「あの十階の田口さん、とうとう離婚したらしいわよ」

「旦那がさー、出会い系サイトで横浜駅周辺のラブホに女を呼んだら、そこに現れたのがなんと自分の奥さんだったのよ」

「田口緑さんって、ぽっちゃりしたグラマーな人よね、三十五ぐらいの？」

「そうそう、小学生のひとり息子を溺愛してて、いつもニコニコ顔で、おはようございまーって甘ったるい声で挨拶する人」

「偽名で年齢偽って、出会い系サイトでメール交換してたふたりがじつは夫婦だったなんて、しゃれにもならないじゃない。最悪」

「で、それが原因で離婚になったわけ？」

「それがさー、奥さんとサイトで知り合った男がもうひとりこのマンションにいて、噂が広まり、マンションにいられなくなった緑さんは、息子を連れて実家に帰った」

「あの真面目そうな田口透さん、エントランスでうつむいて歩く姿見かけるけど、痛ましくてさー」

主婦四人の誰が何をしゃべったかも定かではない話だ。例会ではいつもこのマンション内の週刊誌ネタみたいな話題に花が咲く。為替の話には興味がなく、ゴシップは退屈しなかったが、声音がうるさいのには閉口した。とくに甲高い声の上野順子という主婦にである。

テレビを消しリビングで読みかけの文庫本を開くと、なぜか山本玲子のきりっとした顔とすらりとしたスタイルが脳裏を掠め、読書に身が入らなかった。紗栄子は書斎にこもり、パソコンで今朝の北朝鮮の弾道ミサイル発射や為替相場に影響する他の政治・経済ニュースなどをチェックしていたに違いないが、十一時過ぎにキッチンで会合に出す料理を作り始めた。あれ以来この部屋で催されるときは外出したが、今日は久しぶりに参加したくなった。

十一時五十分に、「お邪魔します」とドアホンから声がした。「どうぞ」と紗栄子が応じると、小太りで背の低い女が、様子をうかがうような目つきをしてリビングに来た。夏川真理である。

「こんにちは。お久しぶりです」と真人に微笑み、ぽってりした唇から白い歯がこぼれた。

「今日はお出かけではないのですか？」くりくりした目がキュートなリスを思わせる顔で真

人に問いかける。

「皆さんの手料理を食べたくて。今日は同席させてください」

「あらっ、嬉しいわ」

真理は満面に笑みを浮かべた。

続いて、矢吹波留と上野順子が一緒に来て、真人に挨拶した。いずれも四十代の子どものいる主婦たちである。

持参した料理をリビングのテーブルに並べると、四人はホワイトのＬ字型ソファではなく絨毯《じゅうたん》に座り、各自スマートフォンをテーブルに置き、刻一刻変動するリアルタイムの米ドル対円相場を真剣に見つめ始めた。

真人はダイニングの椅子に腰掛け、分けてもらった料理と紗栄子が作った海鮮焼きそば、生ハムレタスサラダを食卓に置いた。

半年前、夏川真理は冷凍食品の餃子を持ってきたが、今日もまた同じメーカーの餃子だった。矢吹波留は手の込んだ酢豚を、上野順子はアップルパイとイチゴを持参した。

「今朝、北朝鮮が弾道ミサイルを発射してくれたおかげで、ドルが上がっちゃった」

長身で近寄りがたい雰囲気の上野順子の甲高い声がした。ふだんはきつい顔をしているが今は頬が紅潮してゆるんでいた。

「ここは、とりあえず売りで決済すべきだわ。早く決断しないと、円高になっちゃうかも……日本がミサイルで攻撃されたわけでもないしさー」

柔和な顔に似合わず、やばいことを平然と言い、テーブルのスマートフォンに手を伸ばした。

「じゃあ、ふたりは売りなさいよ。わたしはドルを買い足すわ。まだドル高は続く」

夏川真理はそう言うと、箸で酢豚をつまみ口に入れた。

「わたしも真理さんに乗るわ。倍率上げてドル買い」

妻の紗栄子が真理に同調する。

〈ミセス・ワタナベの会〉のメンバーは全員、ドル高期待のポジションを持っている。

「じゃあ、わたしたちはとりあえず決済しようよ、波留さん」と上野順子。

「そうね」と同調する矢吹波留。

ふたりはスマートフォンを操作して売りを確定する。

「いくら儲かったか、教えなさいよ」と真理が苦笑いして訊いた。

真人はダイニングの食卓で海鮮焼きそばを食べながら、事の成り行きを注視した。

「わたしは五万」と上野順子。

「たった三万だけど、勝つと気分いいじゃない……ねえ」真理の冷凍餃子を不味《まず》そうに食べて順子に微笑む波留。「おふたりさんほど、わたしたちは欲深くないし、それにわたし、チキンですから」

「それって、皮肉?」

真理の顔がゆがんだ。

半年前とは場の雰囲気が違う。当時は和気あいあいで、談笑が絶えなかった。意見がわかれることとは別にして、矢吹波留と夏川真理との空気に刺々《とげとげ》しいものを真人は感じた。

FX決済を終えた四人は食事を摂り、デザートの時間になった。紗栄子がコーヒーを淹れ、「あなたも参加する?」と訊いた。

「中年女だけじゃ盛り上がらないわよねえ。ご主人に参加してもらえると、話にも花が咲くと思わない。感想を聞くこともできるしね」

上野順子のキツネのような顔がほころぶ。

「では、お言葉に甘えて参加させてもらいます」

コーヒーカップを手に持ち、真人はソファの紗栄子の隣に座った。全員がL字型ソファに移動してコーヒータイムがはじまる。紗栄子の隣が真理。L字の短い方に波留と順子。

「タワーマンションって、見ると住むとでは大違いで、階層ごとに値段が違うのは当たり前だけど、それと比例するように年収も変わるのよ。だから低層階は嫌だわね」

「調査でもしたの？」

六階に住む波留に年長の順子が反応した。

「何人かには訊いたけど、わかりづらいから、このメンバーで比較すると歴然じゃない。わたし、凄いこと発見しちゃった」

波留は美味《おい》しそうにイチゴを食べた。

「嫌味な話になったわね。まさか階層が年収と同じとか？」

「正解。さすが順子さん」

「だって、わたし、八階じゃない。旦那の年収、八百万だもの」

「紗栄子さんのご主人がいらっしゃるのよ。こんなくだらない話、止めましょうよ」

十八階に住む夏川真理は露骨に嫌な顔をした。

「だって、真理さんのご主人、横浜駅西口の宝石商の社長さんじゃない。経営者なんだから、一千八百万あってもおかしくないじゃない」

「波留さん、この話止めない。真理さんの旦那さんの話もちだしたりするの……」

紗栄子が割って入った。

「わかりました……じゃあ、十五階の紗栄子さんのお宅はどうですか？　ちなみに、うちだけど、六百万を超えたぐらいなの、情けない話でしょ。だから、わたしと順子さんは階層が年収通りってわけ。凄くない？　ご主人、神奈川太平自動車販売の役員さんなんだから、一千五百万って、いい線じゃないのかしら？」

同年代のこのメンバーと比べ、波留は旦那の年収の低さに意固地になっている。

「じゃあ、波留さんにお訊きしますが、最上階の赤井さん、三千万なのかしら？」

真理が皮肉を吐いた。

「二十五階以上は知らないわ。でも、赤井さんって、あの高級外車マセラティの持ち主じゃない。地下駐車場で見たけど、いくらぐらいする車かしら？」

「マセラティといっても様々ですが、一千五百から二千万円ぐらいですかね」

真人が初めて口を利いた。

「年収云々するレベルじゃないわ」

波留はため息をついた。

2

翌朝から真人は散歩が楽しくなった。舗道で似たチワワを見つけると玲子ではないかと、胸が高鳴った。違うとがっかりした。犬の早朝散歩は定時のはずだが、あの日だけ時間帯が違ったのだろうかと考えた。また散歩コースが違うのかもと考え、行先をあれこれ変えてみたが玲子と再会することはなかった。そして、マンションの通路やジムに行くエレベーターでも玲子とは会えなかった。

　一週間後の五月二十三日火曜定休日。

　我慢の限界がきた真人は、玲子の部屋のインターホンを押した。午後二時。主婦か自由業でもなければ在宅していない時間帯である。

「どちら様ですか？」

　インターホン越しに玲子の柔らかい声が返ってきて、真人の心臓は高鳴った。

「こんにちは……十五階の石田です。先日のお礼がしたくて来ました」

　インターホン越しに、玲子のとまどいとも思われる沈黙があった。

「……今、行きます」

　ドアが半開きになり、警戒するような玲子の視線が真人を射た。その足元でチワワが人懐っこそうに尻尾《しっぽ》を振っている。

「あのー、これつまらない物ですが、お礼です」

　横浜名物の菓子の袋を差し出した。

「ありがとうございます。わたし、ここのお菓子、大好きです」ドア越しの笑みに真人もぎこちない笑顔で応じ、「それでは……」と言い、辞去しようとした。

「玄関先での立ち話もなんですから、よろしかったらコーヒーでもお飲みになりません」

意外な誘いに真人はドキッとした。上がれということは独り暮らしなのだろうと勝手に思い込み、失礼しますと言って靴をぬぎ、間取りが似ている部屋の廊下を歩き、案内されたリビングに入った。チワワが嬉しそうな顔をして真人をうかがっている。

黒の丸テーブルに白いソファ椅子が二つあり、その一つに腰掛けるとキッチンからコーヒーの芳《こう》ばしい香りが漂ってきた。

白地にバラをあしらったコーヒーカップに、真人が持参した菓子が添えられる。マイセンのカップですねとつぶやき、いただきますと頭をさげコーヒーを啜《すす》った。

「深みのある芳ばしさが口の中に広がります」

「じつは、豆もマイセンなの」

対座した椅子で玲子は微笑んだ。真人は予期せぬ展開に舞い上がった。チワワが玲子の足元でお座りをしている。

「先日の件ですが、あの老人、怖くなかったですか？」

「だって、おじいちゃんじゃないですか」

薄いピンクのシャツに白いパンツ姿は清楚で、そのほんわかした仕草にはなんとも言えない色気があった。

真人が返す言葉を失い、マイセンのコーヒーを啜り、菓子をつまむとチワワが彼の足元で催促する仕草をした。

「お菓子、食べるのかな」

「よっちゃんの好物だよね」

玲子の顔がピンク色に輝く。

「名前はよっちゃんというのですか」

菓子をやると、パクッと飲み込んでしまった。

「本名は世之介といいます」

玲子が本名と言ったので、真人は吹き出しそうになった。

「玲子さんがつけられた？　それって西鶴の『好色一代男』ですよね」

「ええ。あの世之介です。それでよっちゃん」

西鶴が描いた主人公世之介は弱冠七歳にして恋を知る。数々の女性と関係を持ち、十九歳のとき父親に女遊びがばれて勘当。その後、諸国を転々として高名な遊女たちとの好色生活に浸る。六十歳になり、さらなる色事を求め、船で女だけの島『女護島』に渡るという壮大な浮世草子である。

「玲子さんは、好色一代男が好きなんですか？」

「だって、色事をとことん極めようとするバイタリティーと希望に燃えて女護島に渡る六十歳の世之介。それも江戸時代の話ですよ。西鶴、凄くないですか」

「現代なら、八十歳でなお好色とか？」

「……女って、男の年齢なんか気にしないわ。それと女たらしとわかっていても、バイタリティーのある男に惹かれちゃうのよね」

平日の昼間である。独り暮らしの女性から女たらしに惹かれると言われ、真人の顔は火照《ほて》った。真人も女好きだが、女たらしとは無縁であった。

「あのー、失礼を承知で訊きますが、玲子さんは、どういうお仕事をされているのです？」

同じマンションの住人という気安さからか、真人は大胆になった。

「関内でお店をやっています」

「関内で？　どんなお店ですか？」

「クラブです」

「その若さで、ママとか？」

「三十七歳になりました。ホステスはそろそろ限界だったので、二年前に思い切ってお店をオープンしたのです」

玲子の足元で世之介が散歩をせがむ仕草をした。

「おしっこね。ごめんなさい、これから散歩してきます」

「お店の名刺、いただけませんか？」

真人は玲子の店をのぞいてみたくなった。玲子はバッグから名刺入れを取り出し、よろしくお願いしますと言って渡した。「ショパン」という店の名刺をポロシャツのポケットにしまい部屋を辞去した。

エレベーターを乗り換え十五階の自宅に戻ると、妻の紗栄子はいつものように書斎のパソコンで真剣な顔付きでＦＸ取引をしていた。

その姿に真人はむなしさを覚え、リビングのソファで文庫本を開いた。

半年まえの紗栄子はもっと気楽にＦＸを楽しんでいたように思う。一週間まえの例会でも、矢吹波留と上野順子に比べて、夏川真理と紗栄子は取引額が増えているような気がした。

太平自動車にいたときは土日休みで休日も多く、夫婦で国内・海外旅行を満喫したものだが、販売子会社に移ってからというもの土日の連休がなくなり、近場の旅行すらない。紗栄子はＦＸ取引に没頭、定休日の火曜は〈ミセス・ワタナベの会〉の例会である。たまに行く定休日のゴルフ以外外出もなく、みなとみらい周辺を散歩がてら独りでぶらつくことが多くなった。

紗栄子が夕飯の支度にかかったので、真人も読みかけの文庫本を置き、キッチンに行くと素麺を茹でていた。

「今晩は、素麺か」

料理上手の紗栄子が、最近は手の込んだ料理を作らなくなった。真人はそれが不満だった。唯一の楽しみである食卓が寂しいのだ。

「だって、お昼はカレー食べたじゃない」

久しぶりの手作りカレーが美味しく、真人はお代わりした。

冷蔵庫から缶ビールを取り出し、プルトップを開けた。

「最近、為替相場が荒れてるようだけど、成績はどうなんだ」

「まあまあってとこかな」

茹でた素麺を冷水にとおし、刻んだミョウガとキュウリを添えるだけの料理を作りながらの返事である。紗栄子は相場の話を真人にすることはない。だから、損得や収支を真人は知らなかった。

「損してなけりゃ、いいんだけど」

「そういうこと」

紗栄子は目をそらし、投げやりに返事した。

翌日水曜午前十時、関内に店舗を構えているみらい不動産社長の小室雄二が司法書士を同行させて来社した。販社四階の応接室で待っていたふたりに、真人を従えた社長の小林五郎は威厳たっぷりに対面した。

「本日は、登記事項証明書のコピーを持参しました。よろしくお願い申し上げます」

小林よりも年輩に見える小室が慇懃な挨拶をし、深々と一礼した。

「司法書士の田中です」歳の頃、六十過ぎで縁なし眼鏡の似合う田中権蔵は名刺を交換し、

「頂戴します」と言って頭をさげた。

小林と真人の名刺をテーブルに置き着席する。

「早速ですが、先般ご案内しました東神奈川の国道沿いの用地、ご検討いただけましたでしょうか」

小林と真人の顔を小室は交互にうかがい、両手をあわせる仕草をした。

「場所も土地の形もいいんじゃないか」

社長の小林は腕を組み、うなずきながら言った。

「御社の中古車センター用地としては、これ以上ない物件かと存じます」

「しかし、五百坪だと、三十五台しか置けないわけで、千坪ぐらい欲しいですね」

「千坪ですか。厄介ですね」小室は困った顔をした。「土地は出物次第ですが、これほどの物件、滅多に出回りませんけど。今回は持ち主が相続税対策としてやむなく売却された格安物件なものですから、店舗としてご要望されるお客様は大勢います」

小室は真人を牽制した。

「そういうことだよ、石田君」

登記事項証明書のコピーを手に取り、舐めるように見てから小林はそれを真人に見せた。

「それではご検討の結果を、お待ちしております」

そう言うと小室は、田中と並んで立ち、「失礼します」と頭をさげ辞去した。

神奈川太平自動車販売の新車販売台数は右肩下がりをつづけていた。新車が売れないのだ。負けず嫌いの小林の苛立ちに、販社内の空気はいつもピリピリし、おまけに、東大法学部卒という肩書とそのプライドの高さに社員たちは白んでいた。

二年前、太平自動車の企画担当常務から販社社長に飛ばされたことを根に持っている小林は、本来なら自分は販社などに来る男ではないと事あるごとに嫌味を言う。そのくせ、社長を十年ぐらいやるつもりでいるらしい。

そんな小林も販社の業績には敏感で、下期以降の回復をめざし、中古車販売に活路を見出そうとした。

そのことに異議を唱えるつもりはない。だが真人としては、中途半端な用地だと宣伝効果が限られ、大幅な売上増も期待できず、結果、人件費が吸収できなくなるリスクが発生するので、止めるべきだと進言したかった。

「それに五億なら、借入しなくてもいいだろう」

「せめて、メーンバンクの顔を立ててやってください。利息は最優遇金利でやるそうです」

「なんかこの話に君はケチばかりつけてないか。用地は五百坪でいいよ。どうせ太自の中古車で売れそうな車種など多くはない。君だってそれぐらいわかるだろう」

小林はあてこするように言い、ハハッとわざと嗤った。

不快感を胸にしまい、真人は三階にある管理部の部長デスクにもどった。

メーンバンクの横浜駅前支店法人担当次長である星野剛を呼び出し、中古車センター用地の取得が決まりそうだと告げた。

「すぐ、お伺いします。部長助けてくださいよ。御社とうちとは親戚みたいな関係じゃないですか」

電話口で星野は哀願した。

「社長が自己資金でやると言い張ってるから、難しいかもしれないな」

真人は電話を切った。

3

関内にあるクラブ「ショパン」は十幾つの同業の華やかなネオンサインが煌《きらめ》くビルの二階にあった。五月の関東地方は晴天つづきだったが、夕方に一雨来たのかアスファルトが濡れていた。

ドアを開けたのは八時半で、店内にお客は一組しかいなかった。初めての客、それも紹介なしの飛び込みのひとり客にたいして、クラブの反応は寒い。

「いらっしゃいませ」

ボーイの案内で端っこの席に案内される。横についたホステスは若いアルバイト風の人懐っこそうな可愛い女の子であった。

「さつきです。よろしくお願いします」

「女子大生かな?」

「わかりますか」

さつきという源氏名の女の子は悪戯《いたずら》っぽく笑い、何を飲むか訊いた。飲み物のメニューの値段をたしかめ、焼酎のボトルをキープした。店内は薄暗い照明で中央に立派なグランドピアノが置いてある変わったクラブである。

「ピアノは誰が弾くの？」

　焼酎の水割りを飲みながら真人は訊いた。

「玲子ママです。ライブで歌えるんですよ。石田さん、歌お上手そうですね」

　ボトルに書いた名前で呼ばれて真人は落ち着きを取り戻した。ピアノはセミプロが弾くのだろうと思っていたが、まさか玲子本人が弾くとは意外だった。

　その後すぐにお客が一組やってきたが、ママの出勤はまだだった。目当ての玲子が現れるかどうかが不安になり始め、焼酎の水割りをあおった。

「お酒、お強いんですね」

　さつきが愛想笑いをしたとき、ママが恰幅の良い紳士と同伴で出勤してきた。いかにも社長という貫禄が漂う客である。

「ママの同伴客は常連さん？」

「居酒屋チェーン店の社長さん。わたしから聞いたと言わないでください。お客様の職業を教えるのはご法度なので……」

　女子大生ホステスのさつきが耳元で囁《ささや》く。ママの出勤と同時にお客が次々に現れ、ほぼ満席になった。

「石田さんのお仕事って、どんな会社なんですか？」

この店の混みようだと、さつきが席替えし違うホステスに代わるかもしれない。さつきの若さはまぶしく、水商売ずれしていないところが新鮮で退屈はしなかった。

「元は太平自動車。今は神奈川太平自動車販売だけどね……」

「大手企業で羨ましいです。わたしなんか今就活中なんですけど、全部落とされ絶望中……」

さつきは媚びた顔に潤んだ目で真人をじっと見つめた。

「うちの会社、受けてみたら。まだ募集中じゃないかな」

真人の軽口をさつきは受け流せなかった。

「ほんとですか。会社訪問してもいいんですか？」

「それは君が決めることだ」

「面接のとき、石田さんと知り合いとか言えば、有利になったりしませんか」

「うちには縁故採用枠はないから、むだだと思うよ」

そのとき、ボーイが来てさつきに耳打ちした。

「ご馳走様でした」

さつきはグラスを空にして席替えした。

次にきたホステスは三十代前半のチーママで、小顔にえくぼが可愛い女性だった。

「うちの店は初めてですか」

「そうですが、良い店ですね」

「ありがとうございます。誰かのご紹介でしょうか」

「玲子ママに教えてもらいました」

　チーママは意外そうな顔をしたが、深くは詮索しなかった。

「ママが席に来るまで、しばらくお待ちになってください」

　ショパンのハコはそれほど広くはない。入り口から全体を把握できる。真人の顔を覚えていたら、来店時にママはわかるはずである。

「いや、気にしないでください。ところで、ママがピアノを弾くんだってね。ショパンという店名からすると、ママは音大出とか？」

「……そうなんですよ。でも最近は、ママのピアノ伴奏でお客様が歌われることは少ないです」

「そうですか……」

「石田さん、歌われます？」

「いや、歌うまくないので遠慮します」

「でも、生伴奏で歌う機会なんて、滅多にありませんよ。ママのお知り合いなら頼んでみます」

そのとき、玲子が真人の席に挨拶に来た。水色の鮮やかなワンピースから形の良い脚が伸びている。セットされた髪に念入りなメイクをほどこした容姿からは、別人のような妖艶さが漂う。

「いらっしゃいませ」頭をさげて微笑み、「くつろいでくださいね」と笑顔を残して一旦席を離れた。散歩中のラフな玲子、マンションでくつろぐ柔らかい玲子、そして仕事中のきりっとした玲子。そのいずれの玲子も真人を魅了するには十分すぎた。

だが、その玲子の相手として自分を思うと、自信は急速に萎《しぼ》む。

大手企業とは言えその販売子会社の平取に過ぎない。つまり資金力のない男なのだ。昨今は経費も使えない。使うときは社長に事前申請が必要だ。

「石田さん、選曲してください。ママがピアノを弾くそうです」

思ってもいない展開に真人はあわてた。何を歌えばいいか頭がくらくらした。

好きな歌手は福山雅治だ。〈Ｓｑｕａｌｌ〉の歌詞が浮かび、リクエストした。

「凄いじゃないですか」

チーママが手をたたく。福山の歌は音程と間合いがむずかしい。だが、勇気を出して歌うことに決めた。

グランドピアノの横にあるマイクはまぶしく、チーママがそばで「頑張ってください」と声をかける。玲子は鍵盤のまえでスタンバイしている。

玲子の両手がしなやかに鍵盤を舞い、華麗すぎる響きが店内を圧倒した。〈Ｓｑｕａｌｌ〉の前奏だ。カラオケ画面に歌詞が表示され、出だしがすんなり歌えて、玲子があわせてくれる伴奏で気持ちよく歌い終えた。

拍手があった。真人はありがとうと玲子に言った。「良く歌えました」玲子は微笑みを返した。

「初来店でママの伴奏で歌えるなんて……石田さん、長身でイケメンだからかな」

「とんでもない。でも光栄ですよ」

チーママのおだてにあわせ、真人は返答する。

しばらくして玲子が席についた。

「歌、とても良かったわ」

芳しい香りがからだから匂う。

「ピアノ、感心しました」

こんなに気分が良いことは最近ない。それにママと知り合いということで、常連客のような優越感に浸れた。

頃合いを見て店を出る。関内から地下鉄に乗り、みなとみらい駅で降りてマンションにもどるとまだ十時半で、普段の帰宅時間とたいして変わらなかった。

妻の紗栄子は夕飯を用意して待っていた。食卓にはサランラップに包まれたおかずが並んでいる。夕飯に不満を言ったせいか、イサキの塩焼きがあり、味噌汁の具にも新じゃがが入っている。レンジとＩＨで温め、缶ビールを開け、肉じゃがの煮物をつまみに飲んだ。

「なんか今夜は楽しそうじゃない」

見透かしたような笑みを浮かべ紗栄子が訊いた。真人は隠し事が苦手だ。すぐ顔に出ると紗栄子には言われる。

「久しぶりに関内のクラブで飲んでね」

正直に答えた。

「接待？　それとも社内？」

「太平自動車じゃないんだ。接待費はないと言っただろ」

「自腹？」

「社長と一緒だ」

この程度の機転はきく。自腹を白状すると、支払額を訊かれてしまう。毎月の小遣いは五万しかない。コツコツ貯めたへそくりを見破られたくはない。

「なんというお店？」

紗栄子はいつになくしつこく訊いてくる。味噌汁を啜り焼き魚をつつきながら、適当な名前を言おうかと思ったが、紗栄子はすぐスマートフォンで検索する癖があり、ここは正直に言うしかないと観念した。

「ショパンという店だ」

「ショパン。クラブにしては珍しい店名ね」

紗栄子の目が真人に迫った。

「どうかしたか」

「小林社長は、ショパンの常連さん」

「そうじゃないか」

そこまでは考えていなかったので、適当な返事をした。

「そうなの……」

紗栄子はうなずきながら首を傾げ、ショパンの話を止めると、流しで食後の後片付けをはじめた。

珍しい店名だと関心を示したわりに、それ以上は訊いてこなかった。クラブの様子とかママの容姿とか、いつもの紗栄子なら必ず訊くが、お水には興味がわかないのかもしれなかった。


翌日の十時、小林に五階の社長室に呼ばれた。ドアをノックすると、「どうぞ」という声がしたので中に入り、神妙な顔でソファに座る。

「車の販売、今月も低調の極みだ。石田君」小林は顔をゆがめた。

「はい」と真人は恐縮したが、営業を管轄する役員ではない。

山城肇常務執行役員営業部長を呼びキャンペーンの善後策をたてるか、いっそのこと六月末の株主総会で山城を更迭するしかないとも思ったが、黙っていた。

販社はプロパー社員の働きで成り立っていたが、太平自動車からの天下りポストの社長、それとナンバーツーポストの管理部長が太自から出向。これが子会社の宿命で、販社採用のプロパー社員は自社のワン、ツーにはなれない慣行があった。

そのナンバーツーとは言え、販社での真人の立場は微妙で、社長を補佐すると同時に監視する役割を負い、かつ社長とプロパーとの仲立ちもしなければならない。それに、処遇の公平性や不満の聞き役としての役割も求められる。

「事態を打開するために、六月末の株主総会で役員人事を刷新したいのだが、どうかね」

販社の人事は社長の一存で決められる。とは言え、お目付け役でもある真人に打診したのだろう。

「販社の総会資料ですが、決算事項も纏《まと》まり、あとは来期の事業計画の詳細ならびに第二号議案である取締役選任の件につき、五月末までには決定してください。お願いします」

「だから、その件で君を呼んだのだ」

豊かな頭髪に我の強そうな野心家の風貌をした小林には、相手を威圧する力がある。

「山城常務のことですか？」

予想はしていた。

「そうだ。営業は君が担当しなさい」

意外な提案だった。

「私よりも適任者がいます」

即座に真人は反論した。

「誰だ」

「戸塚店長の近藤守です。営業センスがあり、統率力も兼ね備えています」

「私の決定に不服なのかね？」

「私は管理担当として販社に来ました。このことは社長もご存じのはずです」

気まずい雰囲気になった。小林の顔がピクピクした。

「わかった。この話はここまでとしよう」

ソファから立ち上がった小林は、振り向くこともなく社長席に戻った。

真人も立ち上がり、「失礼します」と言って社長室を出た。

三階の管理部にもどり、部長デスクに座ると小林の意固地な顔が浮かんできて頭がくらくらした。真人は管理畑育ちで、営業経験に乏しい。営業に向かないことを知っていて、なぜそんなことを言い出したのか理解できなかった。

「部長！　判子、お願いします」

経理課長の菅沼が席にきて催促した。伝票を一枚一枚確認し、シャチハタを捺《お》した。


夕方の五時半、電話のランプが点滅した。社長からの内線だ。

また文句かと苦々しい気持ちで受話器を取った。

「今晩、都合つくかね」

朝方とは声音が違い、別人かと思った。

「大丈夫です」

断る理由はない。

「そうか。たまには酒でもどうかと思ってね」

社長とふたりで酒を飲むことなど、今まで一度もなかった。

「お伴させていただきます」

「ショパンという関内のクラブだが、八時半に待ち合わせできるかね」

真人は全身に電流が走るような衝撃に襲われた。昨夜行った玲子のクラブである。社長の誘いを了解した手前、今更断れない。

「わかりました。参ります」

弁天町二丁目にあるビルの二階だと住所を告げられ、はいとうなずくと電話は切れた。それにしても、なぜショパンなのだ。

社長の夜の活動など気にもとめていなかったが、時間があったので、菅沼課長に半年前までの接待伝票を持ってくるよう指示した。

菅沼から手渡された伝票ファイルをめくり、社長申請分だけをチェックした。たしかに小林は月二回程度の間隔でショパンに行っている。同伴なのか、料理屋の領収書も添付されていた。社長がどこに行こうと真人の関与することではないが、ショパンを利用したきっかけと、その後贔屓《ひいき》にする動機に関心を持った。

八時半まで会社で仕事をするのは日常となっていたが、その日は八時前に業務を終え会社を出た。待ち合わせの八時半までにはまだ三十分も時間がある。桜木町から関内まで歩いた。

約二十分。

道々、ざわめく心中に玲子がいた。今夜また彼女に会えるのは嬉しかったが、社長にバレるのは怖かった。嫉妬深く、せこくてうるさい小林に玲子の件でひどい仕打ちでもされたらと思うと、全身が粟立った。何かのっぴきならない理由をつけて行くのを止めようかとも考えたが、足は関内に向かっている。

それにしても小林がなぜ自分を唐突にショパンに連れて行くのか、理解に苦しむ。話だけならクラブなど行く必要はない。まさか営業部長にしたくてクラブ接待を思いついたわけでもあるまい。それであれば夕食を共にしてから、クラブに行くのが普通である。

それに小林がショパンに通う目的だが、接待に使っているようにも思えない。馴染みのホステスでもいるのか、それともママの玲子が目的なのか。それなら今夜も同伴しているに違いない。店に行けばわかることだ。

八時二十五分にショパンの重く分厚いドアを開けた。席にいた小林が真人を手招きした。

「ご苦労」

席につくと小林は上機嫌だった。ママの玲子が横にいる。真人の心臓の鼓動が激しくなった。

昨夜、ここで気持ちよく歌ったことが、まるで悪夢のように思えた。玲子がそのことを話題にした途端、小林の不快感は絶頂に達し、顔がゆがむに違いない。小林は玲子目当てでこの店に来ていると真人は直感した。

「初めまして、ママをしています玲子です」

玲子は名刺を差し出して微笑んだ。

「石田です。よろしくお願いします」

「石田君、なにもママが美人だからって、そんなに緊張することはないだろう」

小林は大声で笑い、相好を崩した。

「申し訳ありません」

真人は玲子の演技に恐縮してそう言ったのだが、小林はいつもの苦虫を嚙み潰したような顔ではなく、にやけ顔をのぞかせている。これが朝方に仏頂面をしていた社長と同じ男かと思うほどの変わりようである。

「まるで、仕事中みたいじゃないか」

「社長さんと違って、石田さんは誠実な方なんです」

玲子が笑顔でフォローした。

「ママは石田の肩を持つつもりだな。こいつ、顔だけは俺よりも男前だからな。だが、まだ歳も若いし、これからだ」

小林には冗談が通じないところがある。場をわきまえずに本音を口にする。

玲子はそれには反応しないで、「また、あとで……」と席をはずした。

「どうだ、この店？　いい店だろう」

おそらく小林は玲子と同伴したのだろう。

「グランドピアノがあるのには驚きました」

ホステスが来るまえに真人は感激してみせた。

「ママの伴奏で歌うこともできるぞ」

「社長も歌われたのですか？」

「君！　俺が歌苦手なの知ってるだろう」

「デュエットで演歌とか……」

「ピアノで演歌だと……冗談じゃない」

不愉快だと言わんばかりに小林は右手をふって否定した。

そのとき三十代と二十代とおぼしきホステスがふたり席についた。チーママかあの女子大生ではなく、真人は安堵した。

「君は酒強かったよなあ」

国産の高級ウイスキーボトルがテーブルに置いてあった。

「いただきます」

まさかこの店に自分の焼酎ボトルがキープされていることなど、小林は知らない。ホステスが作った水割りを飲み干した。喉が渇いていた。

「お強い方ですねえ」

年長のホステスが感心した。

「酒が強いのは、営業の武器になるな」

小林が茶化した。

「ホステスにも言えたりして……」

若いほうのホステスが真面目な顔をして口を挟んだ。

「営業担当の件、考えてくれたかね」

小林はホステスには興味がないのか、ウイスキーの水割りを飲みながら仕事の話をした。

「今日の話ですから……」

「わかった。近日中に決断してくれ」

一時間ほどで店を出た。昨夜の真人の来店は小林にバレずに済んだ。

マンションにもどると十時になっていた。食卓にはサランラップに包まれたおかずはなかった。

「あら、今日も飲んでたの……」

顔に出ない体質とはいえ、アルコールの臭いはする。

「残り物のカレーだけど、食べる？」

「食べるよ」

「ご機嫌斜めみたいな顔してない？」

冷蔵庫からサラダを出し、鍋をＩＨで温めながら紗栄子は言った。真人が連夜外で飲酒することなど滅多にない。

「いや、それより、ちょっと相談がある」

尻に敷かれているせいか、紗栄子にはいつも言い訳ばかりを考えてしまう。

社長との飲酒を昨夜の口実に使った手前、今夜も一緒はおかしい。ましてや社長と真人の関係は気まずく、紗栄子もそれに気づいている。しかし、誰と飲んでいたかの追及をかわすことよりも、その夜は大事な話があった。

「今日、社長から、営業部長になれという打診があった」

「急な話ね」

温めたカレーをテーブルに置き、椅子に座ると紗栄子の顔がひきしまった。

「そうだ」スプーンでカレーを口に放り込む。

「断る理由でもあるの？」

「俺が営業部長になっても、新車が売れるわけでもないしな」

「そんな身勝手、小林社長に通用しないわ。それと太平自動車じゃなくて、販売子会社なのよ。社長は絶対だし、社長命令に逆らうなんてありえない」

その気迫に、真人は太平自動車の秘書室で勤務していたころの紗栄子を思い出した。十五年も前の話だが、つい先日のような気がする。

紗栄子は東京の下町で鮨屋を営む家の一人娘で、父親は頑固な鮨職人だった。いっぽう真人は、学生時代から女好き遊び好きであったが、なんとか一部上場企業の太平自動車に先輩のゴリ押しで滑り込み入社した。

入社するとすぐ、テニスやスキーサークルで女性社員との交流に勤しんだ。そこで知り合ったのが紗栄子だった。真人は猛烈にアタックした。だが紗栄子は派手な見かけに似合わず身持ちが堅かった。キスすら許さず真人は結婚を口にしたが、将来性のない男とは交際しないと、つれない返事に面食らった。

入社当時は本社営業部に所属していた真人は、営業成績で一番になったら交際してくれるかと紗栄子に迫った。一番になったら考えてもいいと言われ、真人は昼夜兼行で頑張り、七月の月間にたまたま大口顧客の注文が入りトップをとった。そこで初めてキスだけ許されたが、それ以上は拒まれた。

諦められない真人は、休日土曜の夕方、下町の鮨屋を訪ねた。

店のドアを開けると、歳の頃六十前後のごま塩頭の大将がひとりで鮨を握っていた。店内には夫婦連れとおぼしきカップルがカウンターにいるだけだった。

おしぼりを持ってきた女性が紗栄子の母親だった。当時は夫婦だけで店をやっていた。

「ご注文、お伺いします」

五十過ぎの小柄でぽっちゃりした愛嬌のある母親が真人に訊いた。

「生ビールと刺し身をお願いします」

見慣れない客に大将は黙って刺し身を出した。カウンターでビールを飲み、刺し身をつまみながら、真人は緊張した。

「あのー、紗栄子さん、ご在宅ですか？」

自宅兼用の鮨屋だと聞いていた。

「いるけど、用でもあって来たのか」

ぶっきらぼうな返答だった。

「同じ会社にいる石田といいます」

「紗栄子に会いに来たのか」

「はい」

「二階にいるんじゃないか」

「あのー、お鮨握ってもらえませんか」

真人は緊張でカチカチであった。

「何から握ろうか」

「シンコ、ありますか」

「あるよ」父親の巌《いわお》の顔がゆるんだ。「若いのに粋な注文するじゃないか」

「今しか食べられませんからね」

シンコが黙って二貫出てきた。

「一貫はサービスだ」

「ありがとうございます」

あのときのシンコの舌触りは今でも忘れられない。

父親が目配せし、母親が二階に上がり、鮨を食べ終えた真人は二階に通された。

「頑固親爺に気に入られたようね」

可愛いイチゴ柄の薄い羽根布団の掛かったベッドのある部屋で紗栄子は笑った。

「結婚して欲しい。両親に紹介してくれないか」

「そんなにわたしが好きなの」

「他の女が目に入らないほど好きだ」

「ほろっとさせるセリフ、他にはないの？」

真人は言葉につまった。

「両親に頭をさげてお願いする。それぐらいしか俺はできない」

「じゃあ、今夜、お願いしてみて」

客が途絶えたところで両親が二階に来た。

「紗栄子さんと結婚したいのです。お願いします」

真人は床に頭をつけた。

「わかったよ。頭上げなさい」

父親はそう言うと真人を黙って見つめ、階下の店にもどった。勘定を払うとき、「紗栄子をよろしくな」と、お金は受け取らなかった。

そんな過去が一瞬のうちに真人の脳裏を駆け巡った。

「黙って、どうしたのよ」

紗栄子が真人の顔を覗き込んで言った。

「お父さんに結婚をお願いしたときを思い出していた」

「そんなこともあったわねえ」

遠い過去を振り払うような言い方だった。

4

翌日昼過ぎに、玲子から真人にメールが来た。

儀礼的なメールかと思って見ると、夕食の誘いである。だが役員とはいえ、サラリーマンの真人にクラブママとの同伴などできない。玲子には会いたいが、金銭の無理は真人の主義に反する。

仕事の多忙を理由に断りのメールをしたら、思わぬ返信が来た。

――じゃあ今夜、夕飯を食べにわたしの部屋に来ない？

メール画面を何回も見直したが間違いではない。何時とは書いていないが真人の返信次第で時間を決めるつもりかもしれない。

真人は疑り深い性格で、ひとの誘いには裏があるといつも思っている。

自分をクラブに誘うのであれば、自宅に招待などする必要はないはずだ。

真人に話したいことがあるのかもしれなかった。ショパンには行けないが、それで良ければ自宅に伺ってもいい旨をメールした。夕方六時では無理かとの返信に、六時半なら行けると応じ、玲子は了解した。

私用を理由に六時過ぎに退社した。みなとみらいの自宅マンションにもどる道すがら、妻の紗栄子との鉢合わせを危惧し遠回りした。マンションでは裏口階段で地下に下り、高層用エレベーターを利用する。

二十五階の部屋のまえで深呼吸をしてからインターホンを押した。

「どうぞ」という玲子の弾んだ声に緊張がとける。

「失礼します」と言いドアを開けると、深紅のワンピースを着た玲子の横でチワワがちょこんとお座りしていた。

スリッパを履きダイニングに行く。テーブルには料理が並んでいて、チワワのよっちゃんが真人にまとわりつき、食べ物を欲しがる。

「手作りですか」椅子に座り真人が訊くと、「料理などできない女だと思ってたわよね」とはにかむ仕草に女の魅力がこぼれそうだった。

ワインクーラーの冷えた白ワインで乾杯する。想像を超えるもてなしに真人は恐縮しながら、食事をまえに無粋は承知で訊いた。

「お店の客でもないのに自宅に招待いただき、感激の極みです。でもなぜ僕みたいな金にならない男が、玲子ママのような素敵な女性に構ってもらえるのかわかりません」

疑問を吐かないと、目のまえの前菜が喉を通らないのである。

「石田さん」玲子の口調は強かった。「お店のお客様を自宅に招待などしません。仕事とは離れて、ひとりの男性に好意を抱いたのですよ」

玲子のまなざしに真人は顔が赤くなり、思わず目をそらした。

「ママほどの魅力的な女性を、男は放っておかないでしょ」

真人は冷静を装い、白ワインを飲みサラダを食べパンをつまんだ。食卓にはオニオンスープとスズキのポワレが並んでいる。

「クラブのママなんて、華やかに見えてじつは孤独な存在なの……たしかにホステス時代は殿方にちやほやされました。だけど、ママになると男はわたしを経営者と見るのです」

たしかに普通の男なら、女性経営者に距離を置くかもしれない。

「でも、お店にはステータスのある男性がたくさん来られるのでは……」

「でも、お年寄りばかりですよ。若い方だと成金だったりね」

「成金って、気前がよくていいでしょ」

「お客様としてはね。でも、わたしは地道で誠実な方が好き」

「うちの社長なんか地道でまだ五十代だし、ママにご執心なんじゃないですか」

レモンバターソースで味付けしたスズキのポワレを味わいながら真人は話題を変えた。

「石田さんがお見えになった翌日、小林社長と一緒にいらして、驚きました」

「あの日、社長とは同伴だった……」

社長のクラブでの振る舞いなどどうでもよかったが訊いた。

「何度もお誘いをうけてて、ママに話があると言われ、ご一緒しました」

「どんな話ですか？」

興味はなかったが話のついでに訊いた。

「ゴルフに誘われました」

「ツーサムでですか」

「はい。よくご存じですね」

「社長、ゴルフ好きですからね。ママはどのくらいでまわるのです」

「わたしですか。１００が中々切れません」

「上手なんですね」真人は褒めた。「それで、社長とどこでいつプレーすることになったのです」

「明日、横浜カントリーです」

「今は絶好のシーズンで良かったじゃないですか」

「石田は上手すぎるって小林社長が言っておられたけど、わたし、石田さんとプレーしたいわ」

「僕とですか？」

「だって、社長とふたりより、石田さんも入れて三人でプレーしたほうが楽しいじゃありませんか」

真人を同行させる気など、はなから小林にはない。彼は玲子とふたりきりになりたくてゴルフに誘ったのである。

子会社に移ってからの小林は役員や部長への指示だけで、みずから行動することもなく、地域のロータリークラブの例会だけは熱心に参加している。地域の名士たちが集う会なので、プライドが満たされるのだろう。

時計は七時を指していた。この部屋に来てから三十分が経っている。玲子はお肉を焼くのでと言ってキッチンに立った。フライパンで肉の焼ける音がした。その間真人はこれからの展開を考えたが、そのまえにご馳走になる理由を改めて訊く必要があった。

美味しそうなステーキが皿に盛られ、新しいナイフとフォークが添えられる。

「大変ご馳走になり申し訳ないです」ナイフで切った肉を食べ、「とても柔らかくてジューシーな肉ですね」と笑みがこぼれる。

「ひとりだと味気ないですけど、殿方と一緒だと、こんなに美味しい食事になるとは思ってもいませんでしたわ」

しみじみとした玲子の言葉に、お世辞は感じられなかった。

「でも、男性との外食がひんぱんにあるでしょ」真人の問いに、「外食は営業ですから、別です」ときっぱり言った。

「ママと呼ぶべきか玲子さんと言えばいいのかわかりませんが、自宅に招待してくれた理由が僕は知りたい」と言いナイフとフォークを置いた。

「玲子と呼んでください」ふたりは目を合わせた。「商売抜きのお付き合いがしたい……」

同じマンションに妻がいることを承知で、そんなことが現実にあるのか？　彼女の意外な告白に真人は戸惑ったが、事実仲良く手料理を食べている。

「付き合いと言われても、たとえば……」

真人は赤面し、胸が躍った。

「おまかせします」

高級クラブのママとは思えない返答である。

時間ばかりが気になった。七時半を過ぎている。ショパンの開店は八時だ。

「もうそろそろ、お店の時間じゃないですか」

「たまにはお店休んでもいいのよ」

そう言うと残りのステーキを美味しそうに食べ、赤ワインを一気に飲んだ。

ステーキを食べ終えた真人もワインを口に含みながら玲子の誘惑に酔っていた。心臓が激しく鼓動する。

「でも、僕はあなたに何もしてあげられないし、あなたと関係を持てる器量もないですから……」

男としての精一杯の言い訳しか言えない自分が情けなかった。

「石田さんに何かをしてもらいたくてお呼びしたわけじゃありません。この歳で恥ずかしいけど、対価を求める男女関係って不純でしょ。先日の早朝、パシフィコの舗道でうずくまっていたあなたを何故か愛おしく想ったの。そうしたら同じマンションだったなんて、こんな偶然あります？　それも何故か、エレベーターの前で再会したのよ」

酔った玲子は大胆だった。真人はそれを素直に受け止めはしたものの、好意と合意の狭間にゆれながら食事がすむとそわそわし、ソファに腰掛けるとそばに玲子が来るのを待った。

だが、彼女はキッチンで食器を洗い慎重に食器棚に収納したあと、真人のいるソファには来ないで浴室にこもった。

中央の廊下越しにシャワーを浴びる音がする。一緒にシャワーを浴びる誘いなのか、それとも店に行く準備なのか真人はやきもきした。服を脱いで浴室の玲子を襲う衝動と葛藤したものの、結果は待機することにした。

「あらもう、こんな時間なのね」黄色のワンピースに着替え、リビングに来た玲子の表情は仕事モードだった。時刻は八時半。「わたし、これからお店に行くわ」

「そうですね」

真人は所在なげに相槌を打つと、ソファから立ち上がり玲子の手をとった。

「今夜はここまでで、楽しみは次回にしましょう」

真人のくちびるに軽いキスをして玲子は言った。

今夜の礼を述べて玄関を出た真人は、そわそわしながらエレベーターのボタンを押した。上から下りてきたエレベーターが二十五階で止まった。あわてて乗り込むと、見覚えのある老人が濃紺の背広姿で立っていた。頬に創のある忘れもしないあの老人である。

とっさに真人はふりむき、老人を背にした。エレベーターの中は息苦しかった。老人の視線が背中に張り付き、痛みすら感じてヤバいと覚悟したとき、運よくエレベーターが十八階で止まった。あわてて降りようとしたら、開いたドアの前に夏川真理がいた。

「こんばんは」

真理は真人に挨拶して、エレベーターに乗った。それで真人はほっとした。真理と一緒になったので一階まで辛抱した。

三人を乗せたエレベーターには無言の叫びが満ちていたように思う。老人がいたので真理も黙って俯いていた。背広姿の真人が高層階から下りてくること事態、不自然なのだ。その夜のエレベーターの下降速度の遅さに真人は息がつまった。

一階で止まったエレベーターから最初に真人が降り夏川真理がつづき、老人は地下に行った。

「石田さーん」真理が追ってくる。「今、お帰りですか?」好奇心の塊のような中年女は含み笑いをした。

ジムに寄っていたとも言えず、とっさの言い訳でかわす。

「お客様がこのマンションにいて、今商談を終えたところです」

「そうなんですか……ご苦労さまでーす」

ひとを小馬鹿にしたような言い方である。化粧の剝げた顔に冴えない普段着姿の真理だったが、この時間にどこに行くのだろうか? さほど関心はなかったが、「どちらへ?」と訊いた。

「じつは、今からお宅に伺うところだったので……」とばつが悪そうに言った。

「何か為替が変動するような事件でもありましたか？」

一階で低層用エレベーターに真人が乗ると真理も同乗した。十五階に着くまでの沈黙を長く感じた。

でも、ものは考えようかもしれない。ふだんよりも早い時間に帰ると紗栄子にどうしたのか訊かれるが、同じマンションの女のところに居たとは言えない。真理の訪問は好都合かもしれなかった。紗栄子は勘の鋭い女である。今夜また言い訳して、争い事になるのは避けたかった。

「ただいま」と夏川真理の「お邪魔します」が重なり、「あら、同伴じゃない」と紗栄子は玄関口で笑った。

「たまたまエレベーターが一緒でね」

「そうなんだ」

ぎこちない真人の言い訳に、リビングのソファで紗栄子は顔をしかめた。

「偶然よね、真人さん」

笑いながら真理が誤魔化した。

「夕飯は？」

「食べてきた」

とっさだと嘘のつけない真人の性格が出る。

「どこで？」

「紗栄子さん、そんなことどうでもいいじゃない。うちの旦那なんて、自宅で夕食など摂ったことなかったわよ」

真理がフォローしてくれた。

「せっかく作った料理がもったいないから言ったのよ」

「わたしと違って、紗栄子さんは料理上手だものね。わたしがいただこうかしら」

「それよりも真理さん、ＦＲＢ（米連邦準備制度理事会）で利上げが見送りになったニュース、見たわよね」

「スマホで見たけど、意外だったわねえ」

「参ったわ、円高になっちゃうよ。どうする？」

「ここでドル売ったら大損じゃない。利上げ期待が一時的に剥がれただけで、アメリカ経済の基調は順調なんだから、辛抱するしかない」

自分に言い聞かせるように真理は応じた。

「ＦＸって、自分ひとりで悩んでいると不安で胸が張り裂けそう。でも、真理さんみたいな都銀勤務経験者がそばにいると気が休まる」

「都銀といっても、投資信託売ってただけよ。それもむかしの話だわ」

「でも、金融知識があるのとないのでは大違いだわ。わたしなんか、自分の勘だけを頼りに相場はってるのよ」

「だって最後は勘じゃない。相場の世界でプロの予想など当たったためしがないしね」

「ありがとう真理さん。今夜は眠れない夜を過ごすとこだったけど、なんとか休めそう」

FXの損失で紗栄子に八つ当たりされそうだったが、真人はほっとした。

「ご主人、疲れて帰宅されたのにスーツのままで気の毒だし、わたし、帰るわ」

「お呼びだてして、すみませんでした」

「真人さん、失礼します」

微笑む真理を紗栄子は玄関まで送った。

第二章　困る男

1

玲子にはもういつでも会えると思うと、朝の散歩に行く気が失せ、六時に起きると朝刊を隅から隅まで読んだ。

八時に出勤し、出社していた社員に挨拶すると、デスクでノートパソコンを起動した。画面をクリックし、最初に見たのは役付きのスケジュールだった。社長の小林は業者と偽り玲子と横浜カントリーで終日ゴルフになっている。天気も良く自分もゴルフをすれば気分も晴れると思ったが、火曜の定休日以外、販社ではゴルフもままならない。二か月まえに店長たちとプレーしたのが最後だった。

午前中、営業担当の山城常務と今夏の新車販売キャンペーンについて会議室で協議した。

目玉は、みなとみらいのホテルに顧客を招待する販売イベントだ。問題は販売目標を達成するために必要な集客数だった。

「買ってくれそうな顧客のリストを各支店で作成させ、招待状を発送する段階でね」

「そうですか」

山城はその責任者が真人に代わるかもしれないことを知らなかった。

「それにしても、このところ社長から皮肉ばっかり言われて気分悪くて。部長はどうなの？」

「同じですよ。中古車センター用地の件で責められています」

「高い新車が売れないから、安い中古車に活路を見出す作戦だけど、若者の車離れは加速するばかりだし、中高年も年収が増えないしね。カネかけて用地取得して展示するよりも、ネットで販売するほうがましだ」

山城は不満をぶつけた。

「常務、社長に意見してくださいよ」

「販社の私が？　それこそ、石田部長の役目じゃない」

午前中はそれで終わった。

午後は経理課長と、中古車センター用地を取得した場合の採算分岐点と売上目標について試算したが、企画書作成までにはいたらず、午後六時になった。

総務課長の安村が席に来て、「部長、今井さんの送別会の会費を集めているのですが……」と申し訳なさそうに言った。総務課の今井聡美が、六月末で寿退社をするのだ。

「あ、そうか……今日だったな」

真人は失念していた。メールの案内では野毛町の居酒屋で会費四千円の飲み放題プランだった。

「すみませんが、部長は八千円です」

課長の安村が六千円、部長が八千円はいつものことだった。一万円で二千円のおつりをもらい、しばらくして総務課全員で歩いて野毛に向かった。

昨今のレトロブームで、野毛の飲み屋街は老人たちのたまり場から、若者、それも女子が来る街に変貌した。全国チェーンの大型居酒屋が飽きられ、狭い店内を仕切る店長のなにげない配慮が客をアットホームな気分にさせる店が増えたのだ。

総務課男女八人での送別会は真人の慰労の挨拶ではじまり、総務課長の安村が乾杯の音頭をとった。

酔いもまわり宴たけなわとなった。六月末まで有給休暇をとる今井聡美にとっては、太平自動車販売での最後の夜であった。

聡美が「そういえば、こないだ意外な場所で社長を見かけたんだけど……」と言ってためらった。

「聡美、なによォ、早く言いなって」同僚の早瀬久里は聡美の肩をポンと叩いた。久里は酔いがまわっている。

「神奈川がんセンターでさァー、社長が車いすの奥様らしき人を押してたのよ」

聡美の話にみなは凍りついた。

「わたしを可愛がってくれた伯父がねえ、がんセンターに入院してるの。わたしの結婚式を楽しみにしててね、それで報告に行ったわけ」

「ごめん、途中で。伯父さん、何がん？」と久里が訊く。

「肺がん。末期でねぇ……世話好きで、いい伯父なんだけど……」聡美は涙声になった。

「……ということは、社長の奥さんも、肺がん？」

「……じゃないかな。で、伯父だけど、最近肺がんに効く新薬が認可されたのだけど、その抗がん剤がめちゃ高いの」

それは世界的に注目されている抗がん剤だったが、使用しつづけると年間何千万もかかるという記事を真人も読んだ記憶がある。

「でも、うちの社長が車いすの奥さんを介護する姿、想像できる？　わたし、ムリ。人をバカにしたような顔してさー。それで聡美、社長と何か話したわけ？」

「気づかないふりして通り過ぎたから、声かけなかった」

「社長は気づいたけど、わざと無視したのよ……」

早瀬久里はみなに視線をやり、同意を求めようとした。

「社長、プライベートは一切口にしないけど、石田部長はご存じなんでしょ」

総務課の山口勉は久里には応えず真人に問うた。

みなが杯を置き、真人を見つめる。

「会社の人間は誰も知らないと思う。勿論、僕も初耳で驚いた。しかし、この話はこれまでにしよう」

真人の制止にみなは不満そうだった。飲み会は再開されたが、場は盛り上がらないまま散会した。

野毛からみなとみらいのマンションまでは徒歩で十五分、その道すがら真人は妻を看病する小林の姿を想像した。一方、玲子とゴルフに興じる小林のにやけ顔を重ねた。その余りのギャップに複雑な思いを抱いた。

「ただいま」

今夜は会社の会合だったので、無意識に大きな声が出た。

「お帰りなさい」

珍しく玄関で紗栄子が出迎えた。夕方、送別会がある旨をメールしておいたからかもしれない。Tシャツとデニムに着替えリビングに行くと、紗栄子は九時のニュースを食い入るように観ていた。FX取引をはじめてから経済番組や報道特集を観るようになり、ふたりの話題も政治・経済情勢が多くなった。

「社長の奥さんだけどな、肺がんで入院中らしい……」

「どこ、病院は？」

思わぬ話題に紗栄子の視線が真人に向いた。

今井聡美が車いすの妻を介護する社長をがんセンターで目撃した話をしてやった。

「見舞いはいいの？」

「社長から直接聞いたわけでもないし、プライベートにふれることを嫌う人だからな」

「そうね、小林社長って、裏表のある人のような気がする」

「秘書室勤務のころ、当時の社長に会ってるだろう」

「顔は知ってるけど、挨拶程度よ。それに、もう十五年もまえのことだわ」

「顔からの印象はどうだ？」

「東大が顔に出てた」

「顔に、か」

「態度もそうだったんじゃない」

　はっきりは言わなかった。

「うちの若い女の子もそうだけど、女性って、男に辛辣だよなあ」

「そうかな。男だって、女性の品評会やって楽しんでるんじゃないの」図星だった。「ところで、営業部長の話だけど、返事したの？」

「まだだ」

「ためらうことでもあるの？　引き受けるの早いほうがいいんじゃない」

「新車が売れない今、貧乏くじ引くこともないしな」

「小林社長って陰険そうだから、逆らうと何されるかわからない。お願いだから、年収が下がる事態だけは避けてね」

「わかったよ」

　真人は紗栄子に頭が上がらなかった。

　二日後、玲子から来週の火曜日にゴルフに連れて行って欲しいとのメールがあった。

　社長とのゴルフはどうだったのかメールすると、自分と同じくらいのスコアであまり参考になららず、真人とプレーして指導をうけたいと返信がきた。その気になった真人が、今すぐ電話で話せるか確認したら、了解の絵文字が返ってきた。

　午後三時、デスクを離れてトイレに行く途中に、玲子の携帯にコールした。

「電話で話せて、嬉しい」

　真人からの初めての電話に、玲子の声は弾んで聞こえた。

「でも、会員じゃない僕には、ゴルフ場の予約はむずかしい」

　梅雨入りまえの絶好のゴルフシーズンである。ゴルフ場は混む。

「ゴルフ場の手配とプレー代はわたしにまかせて。レッスン代ということで、いいでしょ」

　甘えるような声だ。実際ふたり分のプレー代を払うのはきつい。

「わたし、真人のような若くて上手な男性とプレーしたいの」

　名前で呼ばれ、ぞくぞくした。それにしてもこんな都合の良い話はない。

「ちなみに、ゴルフ場はどこですか？」

「千葉でいい？」

「いいですねぇ。ゴルフはリーズナブルな千葉にかぎる」

　千葉ならプレー代は払えたが、それにはふれなかった。

「でも今から、予約大丈夫ですか？」

「この季節、ツーサムは無理だと思うけど、いいかしら」

「プレーできれば、それで十分ですよ」

真人は玲子とのプレーを想像し、わくわくした。

「予約できたら、あとで連絡します。来週火曜日、楽しみだわ。待っててね」

スマートフォンから聞こえてくる玲子の甘い声が艶《なま》めかしかった。

席にもどると、社長がお呼びだと早瀬久里が告げた。急いで五階に行きドアをノックして部屋に入り、ソファに座っていた小林の向かいに腰掛ける。

「営業部長、決心してくれたかね」

念のために訊くのだと顔に書いてある。

「わかりました」

紗栄子に念を押され、抵抗する気持ちが失せた。

「そうか。引き受けてくれるか」小林はうなずき、珍しく微笑んだ。

その笑顔に気がゆるみ、真人の口がすべる。

「社長、奥様の病状はいかがですか」

小林の顔色が白く変化した。

「退職する女子社員から聞いたのかね」

「は、はい……」

後悔が全身にひろがり真人の顔は硬直した。小林の顔は嫌悪で膨張した。

「君の奥さんは元気なのか？」

小林との間で、紗栄子が話題になったことなど一度もなかった。

「はい。元気だけが取り柄です」

「そうかね。たしか、秘書室勤務だったよな」

妻の病状にはふれないで紗栄子の話をもちだした。真人が社内結婚だったことを小林は知っていたのだ。

「むかしの話です」ばつが悪くなり、「失礼します」と言って席を立った。

2

翌週六月六日の火曜定休日、午前七時にマンション駐車場で玲子と待ち合わせ、千葉に向かう予定であった。

二日前の夜、父親の病状悪化で欠席する鶴見店長の代わりに急遽店長仲間のゴルフに行くことにしたと紗栄子に告げたが、あーそうなのとうなずき、たまにはいいんじゃないとあっさりしたものだった。

　それでも当日朝になると真人はそわそわして紗栄子が用意しておいたサンドイッチを食べ、コーヒーを飲んだが、まだ六時十分だ。紗栄子が起きる前に部屋を出たかった。キャディバッグとゴルフバッグは玄関に置いてある。

「何時に行くの？」

　寝起きでパジャマ姿の紗栄子がリビングで訊いた。

「六時半に出る」

　車は平置きの地下駐車場ではなく、一階のタワー式なので、機械操作に時間がかかる。

「そわそわしてるわね」

「久しぶりのゴルフだからなァ……じゃあ、行くわ」

「行ってらっしゃい」

　妻から逃げるように廊下を急ぎキャディバッグを肩にかけ、ゴルフバッグを左手にさげドアを開けた。

　十五階のエレベーターの下降ボタンを押すとすぐにエレベーターが止まり、見知らぬ住人の男がひとり乗っていた。じきに一階に着き駐車場に向かう。インプットした登録番号を押し、太平自動車の白いセダンを待った。その間に誰か知った住人に会わないか心配で、玲子と約束した七時までの時間を長く感じた。立駐の車を出すと、そこに白いブレザー姿の玲子が現れた。真人はトランクにキャディバッグをつめ、アクセルを踏みマンション駐車場をあとにした。

「奥さんと何かあった？」

マンションから一分のみなとみらい首都高インター入口で、玲子は朝の挨拶だけで黙ったままの真人に問いただした。

「いや、マンションで誰かに見られたらと、心配で落ち着かなかっただけですよ」と平静を装った。

朝から太陽がまぶしく湾岸線に入ると交通渋滞もなく、しばらくすると東京湾アクアラインのトンネルにさしかかる。

「朝から、仕事がらみの話で悪いんだけど、聞いてくれる？」

真人に助手席の玲子の顔が近づく。

「最近の太平自動車だけど、現況とか将来性、どうかしら？」

「ママの趣味は株取引？　それで太自株が気になるとか？」

妻の紗栄子はＦＸに取り憑かれている。玲子が株取引をしていても不思議はない。

「だって、太平自動車って、リコールとか他にも良くない噂があるでしょ」

玲子が突っ込んだ話題を口にした。

「リコール？　車にはつきもので他社でもありますよ」

「でも、太自はむかし、隠蔽してなかった？」

「マスコミに叩かれた話でしょ。今は国交省にすぐ報告してますよ」

「他にも、何か重要事項を隠蔽してたりしてないかしら？」

アクアラインを過ぎ圏央道にさしかかると、車は時速百十キロに加速していた。

「そんな話、どこから出るんですか」自社の中傷に真人は苛立った。「どこかの客が、ママにくだらん入れ知恵をしたとか」

玲子でなければ、皮肉のひとつやふたつではすまなかった。

「なら、いいわ。わかった。朝からごめんなさい」

玲子は謝った。

「じつは僕も、ママに訊きたいことがあるんだけど……」

「何かしら？」

「散歩中に出会って、ひどい目にあったあの老人。我々と同じマンションにいるの知ってます？」

「あの人、お金持ちで、赤井さんっていうんだけど、石田さん、知らなかったんですか？」

「ええっ！　ママは知ってて、あの場で注意してくれたの」

「そうよ。だって、困ってる石田さんを見て、無性に腹が立ったのよ」

「もしマンション内で赤井と顔合わせたら、気まずいでしょ」

「老人は女には優しくてね。商売柄、わかるのよ」

玲子は笑った。

「そろそろインターの出口です」

真人は玲子とゴルフを満喫するために千葉まで来たのである。朝から自社の悪評など聞きたくなかった。ネット社会の弊害でもあるが、どこの企業でも多かれ少なかれ中傷はあるだろう。それよりも、玲子が赤井という老人を知っていたことのほうがショックだった。〈ミセス・ワタナベ〉の女たちが知っていたように、金持ちということで、赤井はこのマンションの有名人なのだろうと思った。

車がクラブハウスに着いた。伝統があるわりにはグリーンフィーも手ごろで、アクアラインから近い姉ヶ崎カントリー倶楽部は人気があった。

スタートは九時五分アウトだった。ゴルフウェアに着替え、スタートの管理をするマスター室に行くと、年配の男性ふたりとの「組合せ」だと告げられたが、真人はパートナーなど気にもとめていなかった。ブルーのウェアに白いスカート姿の玲子が、お待たせと言ってバッグ置き場に来た。

「四人でプレーするみたいだ」

「どんなペア？」

「年配の男性ふたりとか言ってたけど」

「そうね……」玲子はうなずいたが、間があった。「パターの練習、しない？」

パター練習場で互いに芝の感触をたしかめた。

「パター、上手《うま》いじゃない」

シングルプレーヤーの真人は余裕で玲子を褒めた。

スタート十分前にキャディカートに着くと、そこにとんでもない人物がいた。社長の小林だ。ムッとした顔で立っている。真人の顔は真っ白になり、顔がひきつるのがわかった。

「あらっ、小林社長。おはようございます」

玲子はケロッとして小林に駆け寄り、頭をさげた。

「隅に置けないなァ、こんな美人を知ってるとは……」

東神奈川に広大な土地を持つ地主の樋口道夫がにやけ顔で言った。樋口は小林のロータリークラブの会員仲間で、来社の際に紹介されたことがある。小林の話では東神奈川の中古車センター用地取得の件も樋口の口添えがあったようだ。

「こんなことがあるのか！　まったく」

小林は口をへの字に曲げ、額には青筋を浮かべている。

「たしか、石田部長でしたよね。若い人はいいなあ、ねえ小林さん。天気も最高だし、おおいにゴルフを楽しみましょう」

小林よりは年配で腹が出ている樋口はニコニコしている。小林と真人が気まずそうにしていても、樋口には関係ないのだろう。

真人はよろしくお願いしますと樋口に挨拶したものの、どうしてこんなことになったのか偶然とは思えず、この最悪の組合せに息が苦しくなった。

「キャディの山村と申します。今日一日、よろしくお願いします」そのとき年配のベテランキャディが促した。「では、スタートお願いします」

「四人でレギュラー・ティーからどうですか？」

樋口がドロー棒を三人の前に持ってきた。最初に玲子が引き1番をあて、小林は3番、真人が最後になった。

「美人とラウンドできて、今日はいい一日になりそうだ」樋口は豪快に笑った。

「お先に失礼します」

玲子はこの組合せについては一言もふれず、ティーアップした。ドライバーショットはパー5のフェアウェイの真ん中に弧を描いて飛んだ。

「ナイスショット」

樋口は大袈裟に手をたたき、おもむろにティーアップし二回素振りをしたあと、軽快なフォームで手堅くセンターに飛ばした。

次は小林のティーショットだ。小林は真人にまだ一言も発してはいない。長く気まずい18ホールのはじまりである。小林はロングティーを出べそぎりぎりに置いた。小林のせこさがゴルフにも出る。いきなり打ってひっかけ左の林に打ち込んだ。

「まずいなー」渋い顔の小林を、「リカバリー、リカバリー」と樋口が励ます。

真人の番だ。すばらしい弾道のドライバーショットだったが、右の林をキャリーオーバーし、OB打ち直しとなった。

アウト1番のスコアは樋口がパー、玲子と真人がボギー、小林がダボで終えた。2番ホールは180ヤード、パー3で、前の組がグリーン手前でもたつきティーインググラウンドで四人は待機した。

「石田さんのゴルフは我々とはレベルが違う。まさに、シングルプレーヤーの見本だ」

樋口は大仰な物言いをした。

スタートのOBを悔やむ真人は6番を7番アイアンに持ちかえ、ティーインググラウンドでフェアウェイをじっと見つめていた。

「石田君、樋口さんに失礼じゃないか。褒めてもらって、黙っているとは無礼千万だ」

5番ウッドを手に持った小林が叱責した。

「ゴルフ場は会社じゃない。部下を詰《なじ》るのは無粋だ、小林さん」

年配の分別ぶりに、「樋口さん、失礼しました」真人は樋口に近寄り、頭をさげた。

「樋口さーん、オナーですよ」

玲子は微笑み樋口を促した。

笑顔を絶やさない樋口は、おもむろにティーアップした。ボールはグリーン手前のバンカーを直撃した。

「いけねえ」

樋口は頭を掻く仕草をした。

今日のゴルフに意図的な何かを感じた真人はプレーに集中できずにいた。玲子が仕組んだのだとすると、何のためか理解に苦しむ。

玲子はダフってショート。フォローを計算した真人はグリーンオン、小林は左横のバンカー。あがってみると真人がパー、玲子と樋口がボギー、小林はバンカーで二度たたきダボ。

午前のスコアは真人42、樋口45、玲子50、小林53で終え、レストランでの昼食となった。

テーブルにつくと玲子が午前中のプレーに言及し場を盛り上げようとしたが、小林と真人は互いのプレーにふれることはなかった。

　見かねた玲子が午後のプレーに言及した。

「午前中のスコアをハンディにしてにぎりませんか？」

「いいね。玲子ママの提案に僕はのるよ。アウトで不調だった石田さん、チャンス到来じゃない」

　玲子は関内のクラブママであることを、プレー中に樋口に告げたようだ。無言の小林と真人を尻目にふたりは楽しそうにプレーしていた。

　石田真人最悪のゴルフが、インの10番からはじまった。オナーは真人で、520ヤードストレートのロングホール。左右に林があり、真人のボールは弾道鋭く右の林、キャディは何も言わずOBはまぬがれる。樋口は柔らかいフォームでフェアウェイセンターをキープ、小林は今日イチのショットを放ちキャリーで230ヤード、下りのランで10ヤードのびた。玲子は170ヤード地点に手堅く運ぶ。

　林に打ち込んだ真人のボールは不運にも木の横にあり、右では前に打てず後ろのフェアウエイにレイアップした。

「さすが、シングル」そのプレーを見ていた樋口は感嘆した。

残り250ヤードをスプーンで打つと、グリーン手前バンカーの土手に直撃、三人がオンしてから目玉になったボールを横に出し、寄せて5オン。一メートル半のパットをはずしダボ。小林は3オン2パットで幸先よいパー。樋口がボギー、玲子はダボ。

「オナー小林」

樋口が拍手し、小林の顔に笑みが浮かぶ。真人にとって史上もっとも面白くないゴルフである。スコアはどうでもいい。なぜこんなことが起きたのかを必死に考えた。

今日のゴルフを仕組んだのは玲子だ。小林が芝居をしているようには見えない。小林は芝居などできる性格ではない。玲子がふたりをゴルフ場で鉢合わせさせた理由は何か？

「石田さんの番だよ」

樋口に促されドライバーを思い切り振ると、キャディがもう一球お願いしますと催促した。もう一度ティーアップして打つと、今度は池を直撃した。前進5打である。6オン2パットのダブルスコアで11番ホールを終える。

18番ホールを終え真人50、玲子52、小林48、樋口46で、長くつまらないゴルフは終了した。賭けを精算してこのまま帰りたかった。

「すみません。わたし、樋口さんの車に同乗させてもらうことになって。精算するのでスコアカードください」

玲子の意外な申し出に、真人は啞然とした。

「じゃあ、これ、賭けの代金」

一万円を玲子に渡すと真人は風呂を止め、挨拶もしないでキャディバッグを車につめ、ゴルフ場を立ち去った。


翌日、真人は朝一番で社長室に呼ばれた。

「パートナーに挨拶もしないで帰るとは、失礼千万じゃないか」

いかなる理由があろうとも、平取が社長に反抗するなど許されることではない。

「誠に申し訳ありません」平身低頭した。

「突っ立ってないで座りたまえ」と小林は叱責した。

「社長にご迷惑をおかけし、お恥ずかしいかぎりです」

「樋口さんが利害関係のないロータリー仲間で助かった。プレー中は笑っていたが、根は詮索好きでね。君とママの関係を根掘り葉掘り訊かれてねえ、ママが後部座席にいるのにだよ。一応弁解はしたが、気まずい帰路だった」

ねちねちした嫌味がはじまり、真人は沈黙した。

「君がゴルフに誘ったんだって？　ママは私の部下だから断れなかったと言ってたぞ。その証拠に、帰りは君の車に乗らなかったじゃないか」

朝から毒づかれ、言い返したくなった。だが、弁解は禁物だ。

「すみませんでした」

「それと、営業部長の件だが、なかったことにしてもらいたい」

小林が言いたかったのは、じつはそのことだったのだ。

社長室を出て管理部にもどると、「部長、顔色悪いですが大丈夫ですか」と総務課長の安村がデスクに来て囁いた。

「ありがとう。心配かけて申し訳ない」

社長の小林よりも玲子の嘘が許せなかった。玲子の好意を勘違いした自分が甘かったのだ。

3

六月十二日月曜日午前九時、本社四階会議室。

「それでは、店長会議をはじめます。初めに、各店長から五月度の売上報告と六月度の展望をお願いします」

管理部長である石田真人の進行で定例会議がはじまった。事前に配られた資料をもとに十人の店長が報告する。

「ミニバンの売れ行きがよく、五月度は前年同月比二〇パーセント増で推移しています。六月度も出足好調です」

戸塚店長である近藤の報告は歯切れがよく、円高により車の販売が低迷する中での躍進であった。一方、競合店がひしめき販売不振のつづく川崎店長の高橋はこうべを垂れて報告した。

「車検時の他車乗換えに打つ手を欠き、売上の減少傾向に歯止めがかからず、私の指導力のなさを痛感しています」

昨年度は円安に支えられ業界全体としても増収増益で、太平自動車もその恩恵をうけたが今期は苦戦がつづいている。

「同じ車の販売で地域差が起こる原因ってなんだ。管理部長、答えてくれ」社長の小林が声を荒らげた。

「新車のプロモーション不足ならびに点検・サービスの不足。他に競合他社との戦術の差、あとは営業マンの指導不足ですか」

「さすがだ、管理部長」小林は相槌を打った。「言われた通りにやればいいのだよ、高橋君」

店長十人の報告を終え、あとは社長の総括だけとなった。

今日の小林はいつもと違い、からだ全体に緊張感をみなぎらせていた。

「今日はみなに報告したいことがある。七月一日付の人事異動を発表したい。販社のなすべき仕事は、営業活動につきる。今期の業績の挽回ならびに躍進を期して、営業体制を刷新したい」

真人は小林の決意に、並々ならぬ気迫を感じた。

「本社の営業部長だが、近藤戸塚店長の昇格を決めた。後任の戸塚店長は山城常務とする」

オーッというどよめきが洩れた。山城と近藤を入れ替えたのだ。それも昇格と降格である。

みなが静まるのを待って小林は告げた。

「石田管理部長に川崎店長を命ずる。高橋川崎店長は川崎店次長を命ずる」

みなは互いに顔を見合わせ沈黙した。司会の真人は、小林の声が耳の奥で膨張し何も聞こえなくなった。

「後任の管理部長は、太平自動車に人選してもらう。人事異動は以上。散会する」

真人は上席に座ったまま動かなかった。

「石田君、会議は終了だ」

小林の冷たい声が飛んだ。

「会議は以上です」

真人の声に全員席を立った。一番先に会議室を出たのは小林で、次に戸塚店長の近藤が従ったが他のメンバーは立ったまま方向を失っていた。真人と山城のふたりは座ったままである。

真人の席に川崎店長の高橋が来た。山城のまわりにも何人かの店長が集まる。

「この人事、社長の独断か」

口火を切ったのは神奈川店長の浅野である。

「無茶苦茶な人事だな。抗議するか」

平塚店長の山井が声を荒らげた。

「事前に社長からの打診はあったのですか、石田部長」

川崎店長の高橋が詰め寄る。

「あるわけないだろう、こんなひどい人事」

怒りがおさまらない小田原店長の鈴木が吐き捨てた。

「私も石田部長もこの場で知った人事だ。私は販社採用だし、売上責任もあり、降格もやむをえないが、石田部長は太平自動車からの出向、つまり社長に属する人物だ。それも管理部長というかなめの役職で取締役じゃないか。その人物を川崎店長にするとはいかがなものか。この人事の撤回を採決で決め、私が代表して社長に抗議する」

定年まであと二年の山城が会議室にいる店長たちに告げた。

物静かな性格である山城の発言に、居合わせた店長は互いの顔色をうかがった。山城がひとりで抗議しに行くならかまわないが、採決で決めるとなると連名となり、あとから責任追及されるかもしれない。店長たちは頭では賛成だったが心底は自己保身がはたらき、連名責任は回避したいのだ。

「この話、ここまでにしませんか」

席を立ち真人がみなに告げた。

「石田部長、どうなさるつもりですか？」鈴木小田原店長が真人のまえに立った。

「納得できない。正式な辞令交付までに考えさせてもらう」

みなは会議室をあとにした。

その日の午後は、本社の各部署で社員たちのひそひそ話が絶えなかった。

夜八時、真人は自宅で夕食を摂りながら、妻の紗栄子に川崎店長への異動内示を告げた。

「ひどい人事ね」ため息をついた紗栄子の顔はゆがんでいた。「それで、どうするつもり……」

「社長は俺に、なんか恨みでもあるみたいだ」

箸を置き食事を終えた真人はつぶやいた。

「あなたが神奈川販社出向になったときに危惧してたことが、現実になった」

「どういう意味だ」

真人はめずらしく感情を露わにした。

「あなたには内緒にしてたけど……」

神妙な面持ちで紗栄子は言った。

「大学生のころ、わたし、アルバイトしてたと言ったよね」

居酒屋でのバイトの話は聞いている。

「太平自動車に就職が内定したのを契機に、アルバイト先を変えたの。奨学金の返済のこともあってね」

それは初耳だった。紗栄子は続けた。

「思い切って六本木の有名キャバクラ『R』に挑戦してみたの。学生時代の思い出作りみたいなノリと憧れがあったと思う。落ちると思った面接に受かってね、時給五千円のキャバ嬢になった。七時から午前一時まで働いて日給三万円。居酒屋の時給千円と比べ五倍。その華やかな仕事場と客層はまるで別世界だった」

若いころの紗栄子の意外な一面であった。

「太平自動車に入社し秘書室勤務になってからも、『R』のバイトはつづけたわ。奨学金を繰上げ返済したら辞めようと思ってたけど、キャバ勤めが習慣みたいになってね、週二シフトをつづけてたのよ」

お水の経験があったとは意外だった。だが、結婚以前の紗栄子の行動に立ち入るつもりはなかった。

「そこに小林五郎が金子常務のお伴で来て、わたしがヘルプで席についたわけ。常務は気がつかなかったみたいだけど、小林はわたしに気づいて、そのあとひとりでキャバに来て脅してきた」

食後の緑茶を飲みながら真人は黙っていた。紗栄子の表情は厳しく、眉間に皺を寄せている。

「当時小林は企画部副部長で、企画部長の金子常務に可愛がられるエリートでね、将来を嘱望されていた。四十四歳の働き盛りでエネルギーに満ちていたわね。その小林がよ、キャバ勤めが会社にバレると馘《くび》だぞと脅した」

「兼業禁止か。それも秘書室勤務はまずいな。会社のお偉方と接する部署だしな」

「ひとの弱みに付け込んで関係を迫ってきた。我社の将来を背負うかもしれない男がね」

真人は小林の姑息さに憤りを覚えた。口では偉そうなことを言うが、やっていることは公私混同だ。

「それで、どうなった……」

「キャバ辞めた」

「その後は……」

「しつこい男でね。食事に誘ってきた」

「行ったのか？」

「今ならセクハラで終わりだけど、当時はまだ女性の立場は弱くてね。思い余って出した結論は、金子常務に報告することだった。退職覚悟で勇気を出して常務に告白したら、あっけなく解決したわ」

紗栄子の話に真人は苛ついた。

「今回の内示はそのときの憂さ晴らしとでも言いたいわけか……」

「女と違って男は根に持つタイプが多いのよ。そのときの意趣返しじゃないかしら」

玲子とのいきさつを知らない紗栄子は、今回の辞令を小林との因果のせいにした。

真人は玲子との関係を告白するかどうか迷っていた。

「それとも他に何か、社長の逆鱗《げきりん》にふれるようなことでもあったの？」

「じつは……」真人は言いよどんだ。

「先週の火曜日、ゴルフに行ったじゃない。朝からそわそわしてなかった？　わたし、真人の性格知ってるから何かあるなあと思ってたのよ、あえて訊かなかったけど。あの日、誰とプレーしたの？」

紗栄子は何かを察していたのだった。

「言えば？」

紗栄子の顔が迫った。

「俺はほんとに甘いよな」

真人は自虐し、ことの経緯を話した。

早朝のタバコ事件、クラブショパンに行ったことと玲子の自宅での夕食、マンションの駐車場で玲子と待ち合わせ千葉のゴルフ場に行ったこと。あの日小林もゴルフ場にいて同組でプレーしたこと。

「そういうことだったの」紗栄子はうなずいた。「ショパンのママと社長。真人は罠にハマったのよ」

「どういうことだ」

「ゴルフ場の予約は誰がしたの？」

「ママだ」

「それって、仕組まれていたんじゃない。つまり、同じ組で予約していた」

紗栄子の指摘は鋭かった。小林と同組でプレーする偶然などありえない。

「俺を左遷するために、猿芝居をしたとでも言うのか」

「社長とママがグルなのは間違いないけど、狙いがわからない」

「お水の女は怖いなあ。おまえも、お水のとき、そんなことしたのか？」

「嘘はついたけど、騙しはなかったわね。でも、嘘も騙しも似たようなものね」

「つまり、俺は罠に落ちたわけだな」

「だけど、それが今回の左遷の引金だとしたら、お粗末だわね。目的が不明だもの」

「左遷する目的？」

「問題はあなたに近づいたママの目的だけど……思い当たるふしはないの？」

紗栄子は両腕を組み真人を問い詰めた。

玲子の甘い言葉にいい気になっていた自分が情けなかった。

「そういえば、太平自動車のことを知りたがっていた。ゴルフに行く車中で唐突に太自の話が出た。株でもやっているのだろうと、気にもとめなかったけどな」

「太自のことなら、小林に訊けばわかることじゃない。小林は太自の中枢にいたのよ」

「そうだな」

「太平自動車内で良からぬ事件でもあるの？」

「我社は、車の開発よりも社内派閥闘争に注力する役員ばかりで、まさに消耗戦の様相を呈している。こんな会社じゃ、将来が危ぶまれる」

真人は嘆いた。

「そんな話、今にはじまったことでもないし、サラリーマン社長を擁する会社でよく聞く話じゃない」

紗栄子に動じる様子はなかった。

「だが、新車の燃費に不正疑惑があるという噂は聞く。噂の真相など、国土交通省の立ち入り検査でもないかぎり、誰にもわからん」

「そのことが公になれば、太自の株価はどうなるわけ？」

「大幅下落で半値もあやしいものだ」

「社長なら燃費疑惑のこと、知ってないかしら？」

「聞いたとしても株価は下がらない。公にならなければ、空売りなど意味がない」

「でも、ショパンのママが真人に近づいた理由はどこかに必ずあるのよ」

真人を悩ませた玲子との甘美な時間など、どこかに吹き飛び、彼女の裏の顔が露出した。

そして、玲子と小林の関係も気になった。一枚嚙んでいる小林に一矢を報いたい。正式な辞令発令まで時間はもうない。

4

石田真人が丸の内にある太平自動車本社に呼ばれたのは二日後のことだった。同期入社で人事課長の菅野から電話があり、至急来てくれと言われ、理由を訊くと、とにかく来いの一点張りで、もし川崎店長内示の件だったら好都合だと思った。

丸の内本社に来るのは一年ぶりだった。つまり昨年神奈川販社への出向辞令をうけ丸一年が経ったことになる。見慣れた東京駅から徒歩で五分、菅野が指定したのは午前十時であったが十五分前に着き、古巣の管理本部に顔を出そうと思ったが菅野との話が終わってからでもよかった。

エレベーターで十階に行き人事部の女子社員に来訪を告げると、会議室に通された。

「いやー、呼び出してすまん」

定時に部屋に現れた菅野は笑顔を見せたが、席につくと厳しい表情になった。

「週刊太陽に我社のことをタレこんだやつがいてなあ」

いつもの菅野にしては歯切れが悪すぎる。

「俺を呼んだのは、そのことか？」

販社人事のことではなさそうだったので、真人は落胆した。

「じつは、人事部止まりでまだ役員にもあげてない話だが、週刊太陽の記者が言うには、おまえ、つまり石田真人名義のタレコミ文書らしい。だから確認のため呼んだ」

同期の菅野は、結婚式で友人代表の挨拶を頼んだ間柄でもあったが、いきなりそんなことを言われ、真人は面食らった。

「実名で週刊誌に内部情報をタレこんだりするか？」

バカげた話だ。

「辞職覚悟でもなければできんな」

菅野がうなずいた。

「ところで、どんな内容のタレコミなんだ？」

「記者が言うには、国交省の調査対象になるような告発だ。だから、名前を使われたおまえに心当たりがあるはずだと思って来てもらった」菅野はつづけた。「それと、小林社長から川崎店長降格の内示を受けたことも問題だな」

「そのことで、おまえに相談したかった。呼び出されたのはその件かと思ったよ」

同期の気安さで人事課長とも友人のような会話になる。

「おまえさん、関内の高級クラブのママとデキてるらしいな。千葉のゴルフ場でもふたりでプレーしたそうじゃないか」

「小林社長がそう言ったのか」

「いや、販社の誰かは知らんが、よくある人事部へのチクリだ」

「なるほど。俺の左遷を正当化するための工作か」

「だが、小林社長に週刊誌のタレコミの件を伝えたときの動揺は尋常ではなかったぞ。役員の不祥事は、社長の責任問題に発展する」

「それで、週刊誌にタレこんだやつを内偵しているというわけか」

「心当たりはないのか？」

真先に玲子が浮かんだが、真人は話をそらした。

「それよりも、週刊誌に掲載されたら太平自動車のダメージは甚大だな」

「社会正義ぶってる週刊誌のスクープに、マスメディアやブログ等の書き込みが異常反応するご時世だ。じっさい、我社の社員や元社員に週刊太陽の記者から接触があったという連絡が何件か寄せられている。本件は、近々役員会議でも取り上げられるだろう」

「ところで、俺の川崎店長内示はどうなる」

「販社の内部抗争など、この際棚上げだ。週刊誌にスクープでもされてみろ、太平自動車の社会的信用は失墜する」

菅野との話は終わった。管理本部には立ち寄らず、まっすぐ東京駅に向かった。

東海道線の下り車両に座り菅野の話を反芻し、事態が思わぬ方向に向かっていることに啞然とした。

太平自動車の車についてのキナ臭い噂は、単なる噂ではなかったのか？ 菅野の警戒が尋常ではなかったことが気になった。横浜駅で根岸線に乗り換え桜木町駅で下車し、昼食は改札そばにある立ち食い蕎麦ですませ、歩いて販社ビルにもどった。

社長とは内示以後、気まずい関係がつづいている。明らかに真人を避けており、社長室に閉じこもっている。管理部のメンバーも真人には必要以上に気を遣っている。今日の本社直行はスケジュール表に記載されており、ただいま帰りましたと告げて部屋に入ると、お帰りなさいと社員たちが迎えた。社長の小林もスケジュール表をパソコンで確認しており、真人の本社行きは知っているはずだ。

席につきしばらくすると、内線で社長に呼ばれた。ノックして社長室に入ると、意外にも小林は作り笑顔でソファを勧めた。

「久しぶりの本社はどうだったかね」

「左遷の話かと思って人事部に行ったら変なことを言われ、戸惑いました」

「君っ、左遷などと嫌味はよくないよ」

「左遷の他に言いようがないじゃありませんか」

「正式に辞令を出したわけじゃないからね。あれはまだ口頭での話じゃないか」

小林の態度が軟化した。作り笑いのわけが理解できた。菅野が小林に電話したのかもしれない。

「ところで、変な話って何かね。聞き捨てならないな」

「ご存じのはずですが……」

「週刊誌の話だろう」

「国交省の調査対象になるようなタレコミらしいですけど、具体的なことは教えてはくれませんでした。私がタレコミした犯人にされたようなのです。とんでもないことだ。誰の仕業か社長、ご存じではないですか」

「冗談じゃない。私が訊きたいぐらいだ」

笑っているのか怒っているのか、小林の顔はゆがんでいた。

「それよりも、互いの進退にかかわる事態になった。だから、人事の話をしている場合ではなくなった」

「週刊誌に実名でタレこむなど、自殺行為も甚だしいじゃないですか。迷惑千万です」

「そうか……わかった。もういいよ」

小林の動揺は明らかだった。

その日の仕事を終え、午後八時過ぎに自宅にもどり夕食を摂りながら、紗栄子に今日、本社人事部に呼ばれた話をした。

「そう、菅野さんに会ったのね。彼、正義感強いけど熱くならないところがいいわね」

「だから、人事部にいる」

「内示の件、何か言われたの？」

「週刊太陽に太平自動車の不祥事をタレこんだやつがいて、そいつがなんと俺の実名を使った。俺はタレコミの犯人にされた。左遷どころの話ではなくなった」

真人の話に紗栄子は笑みを浮かべた。

「バカねえ、もっとやばいじゃない」

その言葉は真人をうすら寒い気分にした。

第三章　笑う女

1

外は明るかったが、外国製のキングサイズベッドが置かれた十五畳の寝室はカーテンで閉ざされ、暗闇にサイドテーブルの照明が淡く灯っている。

「しかし、石田という男も玲子にかかれば、形無しだな。それで、やっと寝たのか？」

頰に創のある老人はベッドに大の字になり、葉巻を燻《くゆ》らせながら言った。

「女好きにしては、小心者だわ。わたしがシャワーを浴びているのに、何もできないのよ。歌とゴルフだけは上手いけど、男を感じないわね。パパとは大違い……」

玲子は赤井豊の引き締まったからだを触りながら、甘えた声で寄り添った。赤井とは心のどこかで通じるものがある。

「それで、中古車センター用地の売買契約はいつ決まるのだ」

玲子がペニスを愛撫し、その気にさせようとしたとき赤井は訊いた。

「用地が狭いだの、メーンバンクと相談するだのと煮え切らない石田を、社長の小林が管理部長から外したから、もう間もなくだわね」

「そうか。五億はもう目の前だな」

長身で顔がほっそりしている玲子のこぶりだが形のよい乳房を、赤井は鷲づかみにした。

「それにしても、石田をツーサムのゴルフに誘い、偶然を装い小林を登場させる。よくそんなことを思いつくなーおまえは」

玲子の細いウエストに手を這わせ赤井の愛撫がはじまる。

「石田の気まずい顔と慌てる様子が目に浮かぶ。やつは臆病だからなぁ。路上喫煙を注意はするが、いざとなったら土下座だもんな」

真白な丸いヒップに赤井は息を吹きかける。玲子のからだはぴくぴくする。

「パパの演技も迫真ものだったわね。だってタバコの火を顔に押し付けようとするんだもの」

「110番されちゃかなわんだろう。引き際の演出はみごとだった」

ベッドの上でまっすぐに伸びた細い脚に赤井の舌が舞う。

赤井の想像力をかきたてる前戯が、玲子のからだの芯を疼かせる。

「石田は頭にきて独りで帰ったのだろう。一緒に帰ったら、どうするつもりだった」

足の指を赤井は舐め咥えた。

「誘われたら、ホテルに行ってたわよ」

「何をやっても中途半端な男だな。女の急所も勘所もわからないのだから、仕事もたいしたことはないな」

「焦《じ》らさないでパパ、頭がくらくらしてきた。もう我慢できない」

玲子は赤井の黒い乳首を舐めながら上目遣いで訴える。

玲子が赤井と出会ったのは、二年前のことだ。

「わたし、愛媛の今治出身だけど、赤井さんは？」

「俺か、広島だ」

ふたりは瀬戸内海を隔てて対岸の出身だった。

「被爆者だ」

その一言に玲子は共鳴した。

「両親は？」

「被爆で死んだ。俺は悪さをしておふくろに押し入れに閉じ込められてな。人生なんて、何が幸いするかわからんよ。顔にケロイドができただけで助かった」

からだの芯がぶるぶると震えた。状況は違ったが、玲子にも運命のいたずらはあった。

「それから？」

「三歳で原爆病院に入れられた。退院後は養護施設だ。中学卒業と同時に嫌な記憶しかなかった広島を逃れ上京したんだ」

赤井の話は玲子と通底するものがあった。

「不動産屋の住み込みにもぐりこんだが、今思えば、犬が道端で臭いを嗅ぎ、たどり着いたような感じだ。だが、不動産屋は性に合っていた」

「不動産屋の時子さんに十七歳の豊少年はちんぽをこうやって弄《いじ》られ、焦らされ射精したのよね」

赤井は玲子とのセックスの最中によく時子の話をした。

十七歳の定時制高校のとき、浮気の絶えない不動産屋の社長に腹を立てていた女房の時子に童貞を奪われ、セックスの手ほどきをうけたと言う。

「痺れるような快感に俺はハマった」

今そこに年増の時子がいるような生々しさで話をされると、つい玲子も興奮し赤井に覆いかぶさることがあった。

「少年をいたぶって喜ぶ年増女をおまえ、想像できるか？」

「どんなに凄いの？」

「ちんぽが出血して、パパの面倒みてくれたんじゃなかったの」

「でも時子さん、パパの面倒みてくれたんじゃなかったの」

赤井の上に跨った玲子は時子を想像して興奮する。

「亭主はやり手の地上げ屋だったが、女房の時子も、こと仕事に関しては亭主以上に悪知恵の働く女でなあ。アパートの住人を追い出し更地にして高く売るとか、俺は時子とのセックスの最中によく聞かされた」

「たとえば……」

玲子の腰が上下する。

「夜中に水道を壊すとか、屋根にのぼってドリルで穴を開け雨水が漏れるようにするとか、住人を退去させるために、ありとあらゆる手段を尽くして嫌がらせをするわけだ」

「パパもやったわけね」

「まだ十代でだな、乗り込んでいって母親に、中学生の娘を手籠めにするぞと、凄むわけだ。顔のケロイドの効果は抜群だ。当時は今よりも創が大きく盛り上がっていてなあ」

ヤバい話を聞くと玲子のからだは激しく捩れ、赤井の射精を求めて律動する。

そのとき突然、赤井のペニスが萎み、筋肉が弛緩した。

「パパ、どうしたの？」

「最近、からだがだるくてな」

顔色が青白くなった。

「大丈夫？」

玲子はからだを離した。

「七十五だ。歳だよ」

「そうかな？　でも無理しないほうがいいわね」

玲子は赤井を満足させ、土地が五億で売れたときの自分の取り分を確かめたかったのだが、機嫌をそこねられたらまずいと思い、寝室を出て自室にもどった。

玲子も疲れてベッドに横になったがなかなか寝付けなかった。夢でも見たのか、なぜか脳裏に母が迫ってきた。


母・友里はやり手の保険外交員で、得意先のパチンコ店経営者と恋仲になり、生まれたのが玲子だった。在日の父親は認知を拒んだ。

四歳からピアノ教室に通わされた。

「先生から筋が良いと褒められたのよ。ピアニストになりなさい」

　思い込みの激しい母親は、幼い玲子に夢を語った。

「練習が足りないのがわからないの。何回言わせたら気が済むの」

　コンクールで一番になれないと鬼の形相で叩かれた。少女時代はピアノの練習に明け暮れる日々で、他の記憶は欠落している。

「猛勉強しないからよ。意気地なし」

　東京の音大に合格したが、おめでとうの一言もなく東京藝大に落ちたことを罵倒された。母との壮絶な記憶が洪水のように玲子を襲う。玲子はいつも追いかけられていた。母ひとり子ひとり、過剰な干渉である。

　音大に入学後、間もなく友里が乳がんを患い、仕送りが途絶えた。学費を稼ぐため六本木のキャバ嬢になった玲子は、瞬く間に売れっ子となった。やがて病が癒えた母はそれを知り激怒した。

「おまえは妾か。ピアニストをめざす学生が聞いて呆れる」

　東京のマンションに来て部屋を舐めまわすように見て、髪の毛をつかんで引っ張りまわされた。抵抗できない自分を呪った。母の血なのか、それとも父の血なのか。父親とは今治で何度か食事をしたことがある。大人しく優しい男性だった。ブランドの服とかバッグを買ってくれた。

「お母さんを大切にしなさい」

その言葉だけが今でも脳裏に焼きついている。

晩年、肝臓がんで入院した母を今治の病院に見舞いに行ったときの記憶が鮮明に蘇ってくる。担当の医師から余命を告げられた。

「おまえが、ピアニストになるために貯めたお金だよ」

痩せ細った母は病床でつぶやくと、預金通帳と印鑑を差し出した。

「治療代に使って。わたしのことは心配しなくていいから」

玲子も通帳とキャッシュカードを母のために用意していた。

「余命は大体わかるよ。それに保険屋だからね、手術代も入院費も大丈夫。葬式代も保険があるから、このお金でお水から足洗いなさい」

母は最後まで弱音は吐かなかった。

「お母さんの望んだ娘じゃなくて、ごめんなさい」

玲子は母の痩せた手を握った。

「わたしの分までがんばりなさい」

その三か月後、友里は六十二歳で逝った。

早いもので五年が経つ。ピアニストどころか、水商売から足を洗うことができないでいる。赤井もからだの具合が思わしくなさそうだし、クラブ経営もお客だけでなく、ホステスやマネージャーへの気遣いで疲れる。四十までに何か実のある仕事を見つけるか、男と結婚するか、人生の岐路だという自覚はあった。

うとうとしたのかもしれない。ベッド脇の置時計を見ると午後五時を指していた。赤井が土地売却の件で痺れを切らしているようだったので、小林に確認の電話をした。

「今夜は行けない。それどころじゃないんだよ」

スマートフォンから聞こえる小林の声は、いつもと違い落ち着きがなかった。

「それと、ショパンにも当分行けないだろう」

「どうしてなの？　先日のゴルフ以来ご無沙汰ですね。何かありました？」

「週刊太陽に我社のことをタレこんだやつがいて、今犯人探しがはじまっている。クラブどころじゃない」

スマートフォンから伝わる小林の息遣いは荒かった。

「それって、どういうこと？」

「石田があぶない。私も無関係ではすみそうもない」

「どうしたの？　聞かせてくれない」

「今、会社だからダメだ」

「だって、社長室でしょ」

「とにかく、今日は勘弁してくれ」

小林は通話を切りそうだった。

「中古車センター用地の件ですが、小室さんと話はまとまりそうですか」

「だから、今はそれどころじゃないと言ってるだろう」

小林の声は今にもキレそうで、通話が途絶えた。

玲子はスマートフォンをベッドのサイドテーブルに置くと、バスルームに駆け込んだ。叩きつけるようなシャワーを全身に浴び、不快感を流そうとした。

2

六月十六日金曜日の午後一時、総務の早瀬久里が真人の席に来て来客を告げた。手渡された名刺を見たら、週刊太陽記者、早川章とあった。

アポ無しで面会に来るとは図々しい男だが、名前を借用されたまま黙って見過ごすのは腹が立つ。応接室に通すよう伝えた。

「週刊太陽編集部の早川です」

スーツに地味なネクタイをした、小柄な中年男性だった。

「石田です」

儀礼で名刺を出した。

「アポ無しで申し訳ありません」早川は頭をさげ椅子に座った。「編集部に、石田真人と署名された御社の内部情報に関する文書が届きました。その件につき、ご迷惑は承知で伺った次第です」

「偽名文書は犯罪じゃないですか」真人は強い口調で記者を攻撃した。「記事にされるつもりなら、送付者を特定すべきです」

「お叱りはごもっともですが、たちの悪い文書とは申せ受け取ったものですから、事実かどうか調べさせて頂いております」

早川は弁明した。

「事実とか、何を根拠に言われているのです？」

「失礼を承知で言わせてもらいますが、石田さんが名前を使われた理由など我社には関係ないのです。文書の内容が事実であれば、御社の自動車の購入者を欺く大変な社会的問題です」

「正義ぶるのは止めてもらえませんか。不愉快です」

「二、三質問させて頂いてもよろしいですか」

真人の非難を無視して早川は訊いた。

「送られてきた文書には、関係者しか知りえない情報が事細かに書かれています。たとえば、走行抵抗値。石田さんご存じですよね。私なんかは何のことかさっぱりわかりませんでした」

いつの間にか話は核心にふれていた。

「車両が一定値で走行するときの抵抗ですよ。空気抵抗と転がり抵抗に分けられますが、他にも、勾配抵抗とか加速抵抗もあります」

「さすが、詳しいですね。問題は、その測定方法でして、惰行法と高速惰行法があるそうですが、一般道路と高速道路では抵抗値に差異が出る」

「それが？」

「御社はその高速惰行法での測定を国土交通省に報告されている。同省が求めている正規の試験法は惰行法です。燃費性能を良く見せるための不正があったのではないですか」

「ほうー、その程度のことでしたか」真人は、ふっとため息をついた。「燃費性能に関する測定誤差の立証は容易ではないですよ」

「誤差ではなく、不正または改ざんがあったのではと我々は考えています」

「それで、うちの社員や元社員を取材されてるわけですか」

「その件についてはお答えできませんが、何かと疑惑の絶えない御社を徹底調査するつもりです」

　早川は唇を噛み締めた。

「それは大変なことだ。週刊太陽が得意とするゲスの不倫ではなく、これは太平自動車の名誉を傷つけ、お客様を冒瀆し、ひいては株価暴落という損害をもたらす、何百億円の損害賠償を請求されるかもしれない記事ですね。そんなことを書くために私を取材しているのなら、即刻お帰りください」

　真人は早川を睨みつけて言った。

「それと仮名にしろ、アルファベットにしろ、私を連想させるような内部通報者が存在する記事が出たら、名誉毀損であなたを告訴しますから、よろしいですね」

　早川は憮然として部屋から消えた。

　太平自動車の定時株主総会は六月二十三日金曜日、港区のホテルで開催される。その前日の木曜日が週刊太陽の発売日である。

二十二日木曜、早朝六時にリビングで朝刊をひろげた真人の目に、『太平自動車　燃費データの不正・改ざん疑惑』という週刊太陽の下段広告記事がとびこんできた。

「紗栄子、新聞見ろ！」

真人の大声に、ハムエッグを調理していた紗栄子は、ＩＨを止めリビングに来た。

「大変なことになったわね、太平自動車」

「販社に取材に来た早川という記者だ」真人はつぶやいた。「やはり出したか」

朝飯も早々にマンションを出ると、そばにあるコンビニで週刊太陽を購入し、駆けるような早足で販社に出社。七時半。まだ誰もいない管理部のデスクで鞄から週刊太陽を取り出し、スクープ記事をむさぼるように読んだ。

告発者を仮名で載せた冒頭の記事。その内容の裏どりのため、何人かの証言者への取材記事がつづく。現役社員に退職社員やＯＢ。その中で特に目を引いたのが子会社の役員で、記者の取材に高圧的な脅しで対応、損害賠償や名誉毀損をもちだして取材を妨害、これこそが太平自動車の傲慢さと隠蔽体質を物語る証左ではないかと結んでいる。

八時半。社長から内線電話があり、すぐ部屋に来てくれと上ずった声がした。小林にしてはいつもより早い出社だった。

エレベーターで五階の社長室に行くと、小林の顔は紅潮していた。

「先ほど、本社人事部から電話があってだな」テーブルに週刊太陽が置いてある。「週刊誌のせいとは一言もいわずにだ、六月末をもって退任を告げられた」

真人はテーブルに置いてある週刊太陽の見開きページを見つめた。

「原因は、この記事ですか」

「君は週刊太陽の記者と面談したのだな」

「先週、突然訪ねてきたので会いました」

「この記事の子会社役員というのは君だろう」

「そうだと思います」

「余計なことをしたものだ」

「かなり誇張されています」

「でも、活字になれば世間は週刊誌の味方をする。大企業の不祥事は世間の溜飲をさげるまたとない材料だからな」

「それで社長退任の原因は、この私にあるわけですか」

「そうは言ってないが、監督責任は免れない」

「タレコミの本人にされた私の憤りをご理解いただけますか」

「それと、記者に食ってかかったこととは別問題だ」

「申し訳ありません」

「もう遅いよ。退任まであと一週間しかない。それから君の処遇だが、当初の内示通り、七月一日付で川崎店長だそうだ。これを伝えたくて来てもらった」

真人は言葉を失った。

3

その日の午後零時半。夏川真理は赤井豊の部屋のインターホンを鳴らした。

「こんにちは。夏川です」

「どうぞ」

赤井の気のない返事が真理には腹立たしかった。いつもはリビングのソファで葉巻を咥えタブレット端末を操作しているが、今日の赤井は端末を置いたまま、葉巻を吸うでもなく、太平自動車についての報道を食い入るように観ていた。

「これっ」

約束の利息三万円を差し出し、上目遣いで赤井を見た。

「掃除をしに来たのか」

テレビから目を離さず、赤井は偉そうに言った。

真理はその言葉を待っていたのだが、言い方にカチンときた。中卒の成金に慶應大学法学部卒の自分がコケにされている。

真理が赤井に出会ったのは、一年以上も前のことである。

クリーニングに出す服を預けるためにフロントに居た真理は、強面の老人がコンシェルジュの女性に家事代行業者の依頼をしている場面に出くわした。

「どの業者の評判が良いかと訊かれても、わたしには……」

「だから、ランク表とかあるだろう」

頬に創のある老人に睨まれ、新米のコンシェルジュはおろおろして固まり、言葉につまっていた。

「失礼します。１８２５号室の夏川と申しますが、家事代行業者をお探しですか」

真理は笑顔を作り、老人に声をかけた。

「そうだが、業者を紹介してくれるのか？」と老人が真理に問うた。

「業者ではなく個人ですが、相場の半額で仕事も丁寧ですよ」

「わかった。紹介してもらいたい」

「失礼ですが、何階にお住まいですか?」

「最上階だけど、なんか不都合でもあるのかね」

ぶっきらぼうだった老人の表情が徐々に柔らかくなった。

「立ち話もなんですから、お宅にお伺いしてもよろしいですか」

真理は最上階の部屋を見学したかった。

「別にかまわんが、男ひとりの部屋を承知で来てくれ」

老人の牽制に真理は動じなかった。老人に従い高層用エレベーターに乗り三十階で降りた。

3LDKの部屋からは横浜港が一望でき、ベイブリッジがまるで虹のように海に架かって見えた。家具調度品も豪華で、同じタワーマンションに住む真理は、自宅との違いに感嘆した。

「俺の名は赤井だ。話を聞かせてもらおう」

リビングの洒落た豪華なL字型ソファに座り、赤井は訊いた。

「わたしの得意は家事清掃です。よろしければわたしにやらせてください」

ソファの座り心地の良さに真理はうっとりし、赤井に強い視線を投げた。

「なるほど」両腕を組みうなずいた赤井は、「料金次第で、今すぐ頼もう」と応じた。

「料金は業者の半額ですが、お代は仕事ぶりを見てから決めてください」

「気に入った。部屋の掃除はまかせる。時間はあんたが決めなさい」

午前九時からはじめ、終わると十二時を過ぎていた。真理の潔癖性ともいえる仕事ぶりに赤井は甚《いた》く感心したのか三万円を差し出し、また来てくれと告げた。時給一万円のアルバイトである。

その夜の食卓はにぎやかだった。

「ママ凄い、ステーキなんていつ食べたか記憶にないよ。今日は何か良いことでもあったの？」

長女で小学六年のすみれは満面に笑みを浮かべた。澄んだ瞳に背も高く、真理の娘とは思えない可憐な顔をしている。別居中の夫によく似ていた。

「寿司もある。凄いじゃん」

長男で小学四年の健がはしゃいだ。健は小柄で真理に似ておしゃべりで人懐っこい少年だった。

「髙島屋のデパ地下で買ったのよ」

「FX取引で儲かったとか？　違った？」

真理がFXをやっていることをすみれなりに理解していたようだ。

「そんなとこね」

「でも、最近、負けてたんじゃなかったの、ママ」

健の顔が曇った。

「まあいいから、お腹いっぱい食べなさい」

久しぶりに親子三人は談笑した。

その後何回か気が向くと呼ばれ、親しく口が利けるようになってから、真理は赤井に借金を申し込んだ。利息は年利一〇パーセント、与信額は五百万円だった。

別居してはいるが、夫が宝石商の二代目社長だと話したので赤井に信用された。FX取引と清掃の件は内密にして欲しいと告げたら、「俺のことも内密にな」と優しく言うので、「勿論です。誰にもしゃべりません」と誓った。ついこの間のことのような気がする。


「今日はどのコースにしますか」

時給一万円が赤井との暗黙の了解であった。真理は屈辱に耐えて言った。

「潔癖性の限界までやってくれ」

今日の赤井は変だった。何かに腹を立てているようだ。オーダーをしてくれたのだから自分が原因でないことはたしかである。

「五時間でもいいですか」

三万円の封筒を引っ込めてソファに座り、真理は微笑んだ。

「清掃マニアの女に、二万円の追い銭をはらうのか」

横目で真理を見て、赤井は哄笑した。

「ピカピカにします。お弁当も作ってきました」

「俺の弁当か、それはすまんな」赤井は親切にされると喜ぶ。「今日は虫の居所が悪い。俺にかまわんで掃除に専念してくれ」

「了解です」

テーブルに弁当箱を置いたが、赤井はすぐには手をつけなかった。

部屋の構造は熟知していた。隅から隅までお見通しである。水回りに漂白剤を注ぎ、臭いと汚れを落とすことからはじめる。五時間もあれば、カーテンやベッドシーツの洗濯乾燥もできる。いろんなことを並行的に進めねばならない。夢中で清掃していれば嫌なことも忘れられる。それがお金になれば言うことはない。

真理は屈託を抱えていた。夫はマンションのローンと養育費を今のところ支払っているが、それもいつまでつづくかわからない。離婚には応じないつもりだ。パートに出たが何ほどの収入にもならなかったので、FX取引をはじめたのだが、損失がふくらんでいる。

今では誇りは学歴だけで、背も低く小太りの容姿に劣等感を持っている。夫が経営者だという優越感も、別居で消えた。内心では〈ミセス・ワタナベの会〉の仲間たちの幸せに嫉妬している。おくびにも出さずにいつもニコニコしてごまかしているのだ。

三時過ぎに赤井はタブレット端末を閉じた。後場が終わったのだ。真理はスマートフォンで為替の動向をちらちら確認するのが日課であったが、赤井も株価を注視していたに違いない。

「お弁当はどうでした」テレビ台のまわりを拭きながら訊いた。

「うまかったよ」

真理が作ったのではなく、高級スーパーで買い求めた惣菜を曲げわっぱの弁当箱に詰め替えたのである。

「お茶を淹れましょうか」

休憩したくて真理は言った。

「料理はうまいし、掃除も完璧。それに高学歴か。言うことない主婦だ。誰かと違って、FXの運用も手堅いのだろうな」

手堅く運用してれば、おまえから借金などはしない。わかってるくせに歯の浮くようなお世辞をならべる赤井に真理はムカついた。

女好きの爺なのに真理にはそのそぶりさえ見せない。まるで女中だ。それでもいそいそと部屋に行く自分が情けなかった。

爺とはいえ、赤井にはまだ男の色気がある。本当にふしぎな爺だ。真理はここ数年欲情とは無縁の生活を送ってはいるが女をやめてはいない。

赤井とソファでお茶を飲んだが、それ以上の会話もなく、テレビをつけたので風呂場の掃除をはじめた。女の髪の毛が二、三本へばりついている。誰だか知らないが、いい加減な女だ。浴室に落ちた髪の毛ぐらい始末しろ。真理は女の無神経に苛立った。そしてひとすじの髪の毛に嫉妬した。

キングサイズのベッドがある寝室は丹念に清掃した。フローリングに長い髪の毛が何本か散っている。乾燥を終えたシーツをベッドにセットし、真理はしばらく寝そべる。手足を思い切り伸ばし、ここで戯れた女を妄想した。ベッドの脇には大きな金庫がある。赤井は不動産屋だ。金は銀行ではなく、この中にしまってあるのかもしれない。銀行に預けるとペイオフで一千万円しか保証されない。

赤井の会社の所在場所は不明である。封筒やはがきの類も見当たらない。だが、タワーマンションの最上階にひとりで住み、地下駐車場の高級外車は他車を圧している。

真理はマセラティを見て、その美しさに感動した。助手席に乗り街中や高速道路を走ってみたいと思ったものだ。

午後四時半。四時間を費やし掃除洗濯、整理整頓が一段落する。

「ブラボー」

部屋の様子を見て赤井は両手を上げ感心した。爺のくせにキザな仕草にブラボーとは女をなめている。今に見ていろ。

「コーヒーを淹れたから、一息入れたらどうだ」

テレビを消して赤井は言った。

自分が飲みたかったから淹れただけじゃないか。

「あと一時間がんばります」

「疲れたろう」

爺でも優しい言葉をかけられるとぐたっとなる。

「コーヒーを飲みなさい」

「ありがとうございます」L字型ソファに腰掛ける。「頂戴します」コーヒーを啜ると生き返った。

「今日はもういいよ。五時に客が来るから……ご苦労だった」

「でも……」

「五時間分払おう」

財布から二万円を取り出し真理に差し出した。

「助かります。コーヒーご馳走さまでした」

深々とお辞儀をし真理は部屋をあとにした。

4

六月二十三日金曜日午前十一時。メーンバンクの法人担当次長である星野剛が来社した。

「こんな理不尽な人事があっていいのですか」

七月一日付で川崎店長に降格することを真人は電話で伝えていた。

「部長の今回の異動、太平自動車の燃費不正疑惑と関係でもあるのですか。週刊誌に出てすぐの話じゃないですか」

星野は顔を真っ赤にして憤慨した。

同年代の星野とは気が合う。星野も今春の異動で支店長昇進を見送られ、横浜駅前支店勤務四年目になっている。

「社長も退任するので、役員は総入れ替えです。業績不振ですよ」

真人は銀行員に内輪の話などするつもりはなかった。

「株主総会、十時からでしたよね。ネットの掲示板によると騒然とした雰囲気の中、怒号が飛び交う大変な総会になっているみたいですね」

星野のほうが太平自動車に関心があるようだった。

「ところで中古車センター用地の件だけど、社長も私も役職を離れるから、借入の話は今回は諦めて欲しい」

「後任はどなたですか？」

「後ほど連絡するよ」

真人にも知らされてはいない。現在株主総会の最中であり、事と次第では太平自動車に激震が走る。

「中古車センター用地ですが、ネットで調べたところ、みらい不動産の所有になっています。通常は銀行で土地を担保に融資を受けるのですが、どうも手持ち資金で買ったようなのです。資産家がバックにいる不動産会社みたいですね」

「経営者は代替わりしていたが、関内で二十年の社歴がある不動産会社だったよ」

「小林社長の知り合いの不動産屋ですよね。でもなぜ社長はうちの融資ではなく自己資金で買われようとするのか、合点がいきません」

真人も小林にそのことを問い質したが、内部留保は投資にまわすべきだと持論を展開した。

「次の社長次第だが、週刊誌騒動に揺れる現状では、この話は立ち消えになりそうだ」

「それであれば、元々融資話などなかったと思うしかないですね」

自らに言い聞かせるようにつぶやき、星野は目を伏せた。

昼休みになり、社員食堂にあるテレビの報道番組に何人かの社員が見入っていた。真人もひとりで定食を食べながら観た。

港区にあるホテル会場から総会を終えた株主たちがぞくぞくと出てくるのを、各局のレポーターが待ち受けている。太平自動車の燃費不正疑惑は週刊誌のスクープにより、昨日木曜一日でテレビ、夕刊各紙が取り上げ大変な問題となっていた。女性タレントの不倫で日本中が大騒ぎになり、テレビ報道でもまるで世の中がひっくり返ったような騒ぎを演出していたことを真人は思い出す。それも週刊太陽のスクープだった。

「株主として、総会を終えられた今の率直なご意見をお聞かせいただけませんか」

女性レポーターが老紳士にインタビューしている。

「情けない話だねえ。株主を欺く会社なんていずれは消滅するよ」

「倒産とか、それともどこかに吸収合併されるとかでしょうか」

「そうだね。株主には合併しか希望はないでしょう」

「どうもありがとうございました。現場中継を終わります」

画面はテレビ局のスタジオに切り替わり、報道キャスターが居並ぶコメンテーターに質問する。

「須藤さん、株主の方の話をどう思われましたか」

「情けない話です。これが日本を代表する企業の経営実態かと思うと、真面目に働く社員はむくわれませんよ。とにかく、企業の隠蔽体質を打破するためには法令遵守の徹底を今こそ声を大にして叫ぶべきでしょう」

視聴者にへつらうコメンテーターの正義面のほうがよほど危険で能天気に思われ、真人は嫌な気分で食事を終えた。それにしても太自株は昨日につづき今日も暴落している。

5

その日の午後、紗栄子は自宅のテレビで太平自動車の燃費不正疑惑を報じるワイドショーを観ていたが、約束の二時半になり、赤井の部屋のインターホンを鳴らした。

「どうぞ」

赤井の優しい声がした。リビングルームに行くと、革張りのL字型ソファで赤井はタブレット端末を食い入るように見ていた。十五畳の広いリビングに独りでいる姿に紗栄子は男の哀愁を感じたが、それよりも毎月利息の支払いにここに来る自分を、赤井がどう思うのかが気になった。

真理と一緒に、初めて赤井の部屋を訪ねたのは半年と少しまえのことだった。百万円を年利一〇パーセントで貸してもらえないかというお願いだった。

「いいだろう」

旦那である真人の職業と地位を訊いたあと、赤井は即決した。

「お邪魔します。これ今月分の利息です」茶封筒を大理石のテーブルに置いて言った。「お忙しそうなので失礼します」

「慌てて帰る用事でもあるのか」赤井はテーブルに端末を置いて言った。「太平自動車株の今日一日の出来高が凄いぞ。朝からずっと見ているのだが予断を許さん。本日の株主総会も大荒れで、会社側からは声明も謝罪もなく、このままだと来週月曜日も下げ止まらないかもな」

赤井は興奮気味に話したが、一か月まえよりやつれた感じで、顔に覇気がなかった。

「太自株を保有されていて気が気じゃないとか……」

紗栄子は恐る恐る訊いた。

「久しぶりじゃないか。ソファに座りなさい」

帰ろうとする紗栄子の背中に赤井の渋い声が飛んだ。

「いやー、株は恐ろしいな。何の予告もなく大幅下落だ。太自関係者にとっても、深刻な話じゃないか」

赤井は紗栄子に強い視線を投げ、テーブルの上にある週刊太陽のスクープ記事を指さした。

「あんたの旦那もこれから大変だな」

「はい」

ソファに腰掛けた紗栄子は、うつむきもじもじしている。

「なんか浮かない顔だな。FXで大損でもしたのかね」

「わたしの一回の損得なんて、赤井さんから見ればきっと微々たる額ですよ。ちなみに、赤井さんクラスだと、一回の株取引で一千万円ぐらい売り買いされるんじゃありません？」

「そう見えるかね」

「ええ」

「俺は博打はしない。不動産業は博打とは違う。買うお客がいるから物件を仕込む。誰かが買ってくれるだろうという甘い見立てで商売はしない。株やFX、競馬やバカラもそうだが、自分の思惑通りにはならんだろう。だから手を出さない」

「そうなんですか？　さきほど、太自株の動向を気にされていたので、空売りでもされているのかと思いました」

「空売りか」

「はい。凄い儲けですよね」

「そうかもな」赤井は他人事《ひとごと》のように言った。「ところで、FXだが、レバレッジをかけすぎてないだろうな」

担保となる手元資金（取引証拠金）に「レバレッジ」をかけて、何倍もの金額の外貨を取引できるシステムのことを赤井は指摘した。以前は百倍でも可能だったが、現在FX業者の倍率は二五倍に改められた。あまりのハイリスク、ハイリターン取引のため、規制強化されたのである。

「限度額の二五倍はかけていません」

いつになく紗栄子は強い口調で否定した。

「五倍、せめて一〇倍までにしておかないと破産するぞ。それと、投資は借金してまでやるものではない」

「でも……」紗栄子はためらいながら言った。「負けは取り返さなければ悔しいし、絶対に取り返せるはずです」

「そういう輩を、中毒って言うんだよ」

「麻薬みたいに言わないでください」

「それこそ、FXという麻薬中毒じゃないのか」

「そんなこと言われても……」

紗栄子は泣きそうな顔になった。

「切羽詰まっているみたいだな」

赤井の問いかけには答えず、紗栄子は話題を変えた。

「うちの主人の話、してもいいですか」

赤井は黙って紗栄子を見つめている。

「以前、主人の趣味とか動向を訊かれましたよね。そのときは気にもとめず、ゴルフが好きだとか、極端なタバコ嫌いとか、職場が替わってから早朝散歩をはじめたとか、お話ししました」

「そうだったか」

赤井は生返事をした。

「主人が、パシフィコ横浜の舗道で、頬に創のある男性にタバコの火を押し付けられそうになったと言っていました」

紗栄子は赤井の目をまっすぐに見て言った。

「それが、どうかしたのか」

赤井はとぼけた。

「玲子さんと組んで、何のために主人相手にそんなお芝居をされたのか、訊いておきたいのです」

「玲子のことを知っていたのか」

「クラブショパンのママですよね。このマンション内では有名人です。背が高くモデルさんみたいな女性ですものね」

紗栄子は赤井の反応を見た。

「俺と玲子が何か関係あるように聞こえたなあ」

「そうじゃないのですか」

「誰から聞いた？」

「夏川真理さんです」

紗栄子は鎌をかけた。

「あのババアか。おしゃべりで、好奇心のかたまりみたいな女だ。掃除婦で面倒みてやっていたが、考え直そう」

「赤井さんと比べたら、うちの主人なんて小物ですけど、役に立つことでもあるのですか？

教えてもらえませんか」

紗栄子は執拗だった。

「今日のところは、これまでにしようじゃないか」

赤井は葉巻を取り出し、口に咥えた。

「わかりました。相談したいことがあったのですが、また来てもいいですか?」

「金の話でなければ、いつでもかまわない」

広いリビングには葉巻の芳ばしい匂いが満ちていた。

6

翌週の六月二十六日月曜日。

通常の販社株主総会は午後三時からはじまり五時には終わる、シャンシャン総会であった。楽しみはそのあとの懇親会で、いつもは太平自動車の人事部長と経理部長が課長を連れてやってくる。総会は一時間で終わり、雑談のあと中華街に場所を替える。予約した高級店で会食となり、前菜からフカヒレスープとつづくコース料理に舌つづみを打ち、ビールで喉をうるおすと紹興酒を痛飲する。たらふく食べ満足したあと関内のクラブにくり出すというお決まりのコースで、太自の役員たちの慰労が目的といっても過言ではなかった。

だが、その日の販社総会は違った。本社から来たのは人事課長の菅野公平と経理課長の大沢雄一のふたりだけだった。

「すみません。本日、緊急役員会議が招集されまして、両部長とも出席できなくなりました」

会議室で菅野が弁明した。販社側は小林と真人と山城の三人だった。

「ご苦労さま。さっそくはじめようじゃないか」

小林は気にするでもなく、菅野を促した。

「それでは、神奈川太平自動車販売の定時株主総会をはじめさせていただきます。式次第により、小林社長から事業報告をお願いします」

「今期の事業報告ならびに来期の事業計画につき、報告致します」

小林は無表情で淡々と報告したが、もとよりやる気はない。あと四日で退任するのだ。真人が用意したレジメを当てつけのようにゆっくり棒読みした。

「今期予算に計上している中古車センター用地取得ですが、業容拡大に資するため実行願いたい次第です」

小林は用地取得を強調して報告を終えた。

「週刊誌に燃費不正疑惑が取り上げられ、車の販売に支障をきたしている現状を鑑《かんが》みると、本件の土地取得はむずかしくなったと言わざるをえません」

大沢経理課長がコメントした。

議事が第二号議案である取締役選任の件に移り、議長である小林は菅野人事課長を指名した。

「本来であれば、小林社長からご報告いただくわけですが、今回は私のほうから次期取締役につき報告させていただきます。後任社長は太平自動車常務取締役である泉大輔。取締役管理部長は太平自動車人事課長のわたくし菅野公平。常務執行役員営業部長は山城肇、留任」

菅野はそこで一呼吸置き、真人を見て言った。

「小林社長は退任。石田取締役管理部長は川崎店長に降格。以上です」

「それでは本日の総会を散会します」

部屋に残ったのは菅野と真人のふたりであった。

「今から引継ぎでもするつもりか」

真人は冷めていた。同期の菅野が鬱陶しかった。

「サラリーマンなんて明日はどうなるかわからん」菅野の言葉がむなしかった。「それも週刊誌が原因でな」

「太自の体質に問題があった。入社したときから変わらん。早晩暴露されることだったんだよ」

　太自の隠蔽体質は救いようがない。

「販社の人事だが、中平社長の独断だ。小林さんとは同期で犬猿の仲だしな。小林さんを太自から販社に追い出してもまだ邪魔者扱いで、今度は週刊誌記者へのおまえの暴言の監督責任をとらされた。タレこんだやつはまだ特定できんが、それで割を食ったのは俺たちふたり。ふざけた話だ」

　菅野の憤懣《ふんまん》も真人には響かなかった。

「ところで、週刊太陽にタレこんだやつの社内調査だが、どうやって調べているのだ」

「技術者であることは間違いないが、おまえの名前を使用した理由がわからんのだ。思い当たる技術者はいないか？」

　真人は玲子を思い浮かべたが、菅野に話しても埒《らち》が明かない。

「技術者で俺を恨んでいる同期を、おまえ想像できるか？」

「おまえが同期の恨みを買うような男じゃないことは、この俺が知っている。だが、記者への暴言は余計だった」菅野は嘆息した。「そのおまえを弁護したおかげで、後任にされちまった俺こそ、いい面の皮だ」

「すまない」真人は頭をさげた。「これからの販社は地獄だ。車は売れない、苦情はガンガンくる。店長は謝罪の日々で、管理部長のおまえは毎日赤字とにらめっこだ」

「でもなあ、サラリーマンは辞令には逆らえない。逆らうなら辞めるしかない」

菅野のうめきは真人の胸にも突き刺さる。

「今日はこれまでにしよう。一杯やる気分じゃない」

菅野とはこれから販社で顔をあわすことになるのだ。また飲める。

菅野たちが帰り、六時半に真人も退社した。

ビニール傘を差し、雨にけむる舗道をみなとみらいに向かって歩く。オフィスビルやタワーマンションが林立する地区に富士山のように雄々しくそびえたつランドマークタワー。横浜美術館周辺に何棟も建つタワーマンションのひとつに住み始めて四年。まさかこの近くにある販社勤務になるとは思いもせずマンションを購入したのだった。

自宅にもどると、「あらっ、早いのね」とエプロン姿の紗栄子が笑顔で迎えた。

「ただいま」

真人の声は暗かった。

「総会後、接待じゃなかったの？」

すぐには返事をせずスーツをハンガーにかけ、デニムにTシャツでリビングのソファに座った。

「食事できたわよ」

　食卓に刺し身と煮物、餃子が並んだ。缶ビールがついている。珍しく食卓がにぎわっていた。今日はＦＸで儲かったのかもしれない。真人はグラスにビールを注ぎ一気に飲み干す。喉が渇いていた。

「それで総会はどうだったのよ」

　紗栄子もビールを飲みながら訊く。

「社長と俺は退任。後任社長は太自の泉常務、取締役管理部長は人事の菅野だ」

「菅野さんなんだ」紗栄子は驚いた顔をし、それから真人を見た。「で、あなたは川崎店長」

「そうだ。小林の内示通りだ」

「当面、太自の車は売れないわ。そんなときの川崎店長、最悪じゃない」

「大幅減俸だしな。本社どころかこれで販社での出世も消えた」

「辞めたくなった？」

「当たり前だろう」缶ビールを冷蔵庫から取り出した。

「あなたの気持ちはわかるけど、ここは我慢して……」

　紗栄子は箸をとめ、真人を見つめた。

「理由は金か」

「露骨な言い方しないで」

「でも、そうなんだろう。まさか家計が破綻してるとか、こんな状況で冗談じゃないぞ」


いくら鈍感な真人でも変化は感じている。最近は外食も買い物も旅行も何もない生活がつづいている。


「現在までの損失はいくらなんだ」

「言いたくない」

「貯金があっただろう」

「貯金なんかないわ」

「俺は五万円で毎月、涙ぐましいやり繰りをしてるんだ。ふざけるな」

「取り返すから、大丈夫よ」

「取り返すって、資金はどうする？」

「働きに出るしかないわ」

「当てでもあるのか」

「水商売でもやるしかないわね」

「四十女の水商売って、時給の安いスナックでもいくつもりか」

「歩合制スナックなら稼げるかもしれない。相手は年寄りじゃない」

「本気で言ってるのか」

食事を終え、茶を飲みながら、情けなくてため息が出た。

「借金もあるのよ」

「FXを今すぐ止めろ。借金はなんとかなる」

会社を辞めて退職金をあてるか、最悪マンションを手放すか。

「仕事で負け、相場で負けて引き下がるわけ」

「とりあえず、ここは夫婦して負けたんだよ」

「四十代で人生終わるわけないじゃない。まだ半分しか生きてないのよ。頭を冷やして考えてみましょうよ」

「勝手にしろ」

紗栄子の開き直った態度に真人は腹が立った。

第四章　終わる男

1

六月二十七日火曜は定休日だったが、午前十時ごろまで気分がすぐれず部屋でくすぶっていた。天気は予報通り梅雨の晴れ間となった。

「今日も太自株下げてるわ。半値までいくかもね」

持ち株制度で太自株購入額を給与天引きされている真人には大打撃だ。

ＦＸは止めろと言ったのに朝からパソコンに張り付き相場に没頭する紗栄子は、夫の忠告など眼中にない、まさに中毒患者のようだった。おまけに株まで点検している。

「散歩してくる」

スニーカーを履き玄関を出ると昨晩の会話が頭の中であばれ出し、エレベーターの下降をひどく遅く感じた。一階通路を歩き荷物搬入出口の自動ドアを出たところで、夏川真理と出くわした。

「おはようございます」リスのように動きが速い目と、作ったような笑顔で挨拶をする。

「散歩ですか」

「今日は休みですから」真人も愛想笑いをした。

「ご迷惑でなければ、そこのスタバでお茶できませんか」

「いいですよ」

真理と話せば紗栄子のＦＸ取引の実態が訊けるかもしれなかった。

真理に誘導され近くのスタバに入った。カウンターでホットコーヒーを注文し、隅の席に座る。

「無理を言ってすみません」真理は頭をさげた。「エントランスでご主人にお会いしたのも、偶然ではないような気がしたものですから……」

マンションは同じでも利用するエレベーターの違う夏川真理と顔を合わせることなど滅多になかった。

「あの、伝えておいたほうがいいかと思いまして……」

上目遣いで見られ、真人は思わず身構えた。

「最上階に住む赤井豊さんのことなんですが」

「その赤井さんが、何か？」

「言いづらいことですが、ご主人も知っておかれたほうがいいかと思いまして……」

真理は思いつめた顔で言った。

「告げ口なんて思いませんから、聞かせてもらえないですか」

「わたし、その赤井さんから、じつはお金借りているんですよ」

そんな話をするためにスタバに誘ったのかと思うと、真人はしらけた。

「わたしだけなら、なにもご主人に話す必要もないのですが、じつは紗栄子さんも赤井さんにお金を融通してもらっていて、赤井さんを紹介したのはわたしなので、ご主人の耳に入れておいたほうがいいかと……」

「借りたのは女房ですから、夏川さんが謝ることなどないですよ」

真理の予想もしなかった話に真人は愕然としたが、スタバの客の目を気にして、平静を装った。金に困り借金していて、勤めに出ると昨夜聞いたばかりだ。それにしても、あの赤井から金を借りるとはどういうことだ。

「赤井さんは不動産屋だと女房からは聞いてますが、ミセス・ワタナベのみなさんとも顔見知りですか？」

「ここだけの話ですが、赤井さんは高利貸です」

「高利貸？」

「それともうひとつ。クラブママで美貌の山本玲子さんのこと、紗栄子さんから何かお聞きになってません」

「ショパンのママなら知ってますよ。店にも行ったことがありますから」

「それなら話がしやすいです。赤井さんのマセラティに玲子さんが同乗しているところを、わたし見ました」

「なんだって！」

　でかい声に周囲の視線が集まった。

「ご存じではなかった」

「知ってたら、こんなことにはならなかった」

「何かあったのですか？」

「いえ、夏川さんに関係する話ではありません」

「嫌だわ、わたし告げ口したみたいで。石田さんの味方のつもりでお話ししたんですよ」

「ありがとうございます。夏川さんがこのマンションのゴシップにくわしいので、びっくりしただけです」

真人のショックは大きかった。パシフィコ横浜の舗道でのタバコの場面がフラッシュバックした。そこに平然と玲子が現れ、自分を助けてくれた。なんのために……。

「主婦だとどこも貸してはくれなくて、年利一〇パーセントで借りているのですが、相場だと思いませんか」

「こんなところで借金の話、まずくないですか」

「中年の主婦の話なんかに、誰が関心を持ちます？」

残りのコーヒーを飲み干し、真理は平然としている。

真人は、夏川真理の私生活などに関心はなかった。それよりもこの際、紗栄子のことを訊いておきたかった。

「ところで、ミセス・ワタナベのメンバーのＦＸの成績はどうなのです？」

「レバレッジの倍率が高いひとほど損失が大きいです」

「夏川さんは慶應法学部卒で都銀に勤務され、そこの投信の専門家だったと紗栄子から聞きました」

「ただの販売員です。学歴がなんかの役に立ったのかな？　今ではそれこそ揶揄《やゆ》されているようにしか聞こえません」

真理は自嘲した。

「FXで一番損しているのは紗栄子じゃないのかなあ」

「わたしの口からは言えません。紗栄子さんにお訊きになれば、わかるんじゃないですか」

真理は暗に認めるような言い方をして詫びた。「ごめんなさい、つまらない話でお時間とらせてすみませんでした」

「夏川さん、ありがとう」

真人は思わず真理の手を両手でにぎった。女の手にしては滑らかさに欠けた。

「感謝されて良かったです」

真理の顔が赤く染まった。

買い物に行くと言う彼女と別れ自宅にもどると、紗栄子はまだパソコンの前に陣取っていた。ひと前では愛想と柔らかい態度を見せるが、見られていることを知らない紗栄子は太々《ふてぶて》しい顔をし、支配的な物腰でFX取引に没頭している。

「おい！　昼飯はどうした」

その妻に腹が立ち、大声で怒鳴った。

「なに威張ってるのよ。嫌な言い方」

「FXは止めろと言っただろう」

「今、取り返しているところだから邪魔しないで。食べたかったら自分で用意しなさいよ」

「わかったよ。外で食べる」

真人も紗栄子と食事を共にしたくなかった。

2

六月三十日金曜午前。真人は販社社長を退任する小林に社長室に呼ばれた。

「君も明日から川崎店に異動だな。恨まれて去るのも業腹だから来てもらった。週刊太陽に暴露文書を送ったやつが憎い。それさえなければ、私も君も役員を降りることはなかった」

十一時に玄関で花束贈呈式があり、小林は太自人生を終える。

「そうでしょうか。暴露文書のまえに川崎店長の内示がありました」

「あの日つい感情的になり、つまらんことを言った。去るにあたり改めて謝りたい」

「ショパンのママとふたりでゴルフに行ったことが、社長は許せなかったのではありませんか」

「それは違う。私は玲子ママの言う通りにゴルフに行っただけだ。プレー中無視するような態度をとってすまなかった」

「私を降格させるために仕組んだのではないのですか。それと本社に私を中傷した人物がいるみたいですが、誰かご存じですか？」

「そんな卑劣な真似は私にはできない。中傷があったことも初耳だ」

「終わったことを蒸し返しても埒は明きませんが、もうひとつあるのです。私の妻のことです。秘書室勤務のかたわら六本木のキャバクラで働いていたこと、ご存じですよね」

「記憶にはある」

「兼業禁止を盾に妻を脅し、挙句関係を迫ったそうですね。今で言えば、パワハラにセクハラじゃないですか」

「君っ」小林の顔が紅潮した。「恥の上塗りは止めてくれ。お世辞でもいいからねぎらいの言葉で送り出せないのかね。私はこうやって謝っているじゃないか」

「会社人生を終わった方は、ある意味重荷がおり解放されるでしょうが、世間から叩かれる会社に残った社員は、地獄の日々を送るのです」

真人は最後まで上から目線の小林を許せなかった。

「沈黙すべきだろうが、この際言わせてもらおう。奥さんは私ばかりを責めているようだが、事実は違う」

「責任転嫁されるのですか」

「私が悪いのは事実だ。だが、君の奥さんは、黙って見逃してくれれば関係を持ってもいいと懇願したのだよ。六本木のキャバクラには当時金子常務のお伴で行ったのだが、常務のお気に入りのホステスがいて、それが玲子ママだ。彼女から奥さんのことで問題を起こさないよう忠告された。常務に目をつけられたら出世はないからね。君の奥さんとは何もなかったわけだが、玲子ママの忠告で大事にいたらず、おかげで私も無事に会社生活を送れた」

「ええっ、そんなバカな話があるもんか」

真人の声が飛んだ。

「奥さんを信じたい気持ちはわかるが、事実なんだ」

小林は沈鬱な顔になった。

「私が悪者になれば君を傷つけなくてすんだものを、社長を辞めるこの場に及んでも、自己保身に走る自分が情けない」

反省を口にする小林など、どうでもよかった。真人が驚いたのは、六本木のキャバクラでふたりが出会っていたことだ。紗栄子は玲子を知っていた。

聞かなくてもいい話を真人は聞いてしまった。紗栄子は金子常務に報告して解決したと言ったが、小林の話のほうが真実のように思えた。

「この話は止めよう。とにかく君には謝りたい。腐らずにがんばってくれたまえ」

「腐らずにですか？」

真人は小林に最後まで反抗的だった。

「そうだ。まだ先は長い。良いことだってあるよ」

愛想笑いをして小林が手を差し伸べたので、真人も儀礼的に握手をした。

十一時、玄関で小林は退社の挨拶をし女子社員が花束を贈呈、盛大な拍手に見送られ社用車で去った。

昼休みに週刊太陽を買うと、燃費不正を調査中としている太平自動車に近々国土交通省が立ち入るとの記事。先週のつづきでさらに数名の社員、元社員たちの証言が掲載され上意下達のゆがんだ体質が糾弾されている。前場で太自株はまた下げた。

午後になり、真人はデスクを整理し、私物を段ボールに入れ引越の準備をした。紗栄子への不信はつのる一方だった。

販社の仲間に礼をのべ会社を出た。送別会の話は、数日前に辞退していた。

その夜はリビングで酎ハイを飲みつづけ、紗栄子は書斎のパソコンでFX取引に没頭していた。真人を避けているような気がしたので、話しかけなかった。

FXは円安ドル高か円高ドル安のどちらかに賭ける丁半博打みたいな勝負だ。一見単純なゲームに見えるが、為替相場は世界中の経済、政治、地政学的リスク等様々な要因により刻一刻変化する神経のすりへる戦いでもある。サイコロとは違いそんな面妖な金融ゲームに素《しろ》人《うと》が勝てるわけがないのだ。だが、負けを取り返そうと必死の人間に聞く耳などなく忠告は無意味だった。紗栄子は他人には冷静で厳しいが、自己には甘い刹那的な女だという事実が真人を打ちのめしていた。

その夜から夫婦は口を利かなくなり、翌朝も互いに黙って朝食を摂ると、真人は車で川崎店に出社した。

前店長の高橋が次長として残っており引継ぎに手間はかからず、初日から燃費不正疑惑の陳謝に連れまわされた。

「お宅の会社なに考えてるの。記者会見ひらいて事実を公表したほうがいいよ」

法人顧客先の社長から皮肉を浴びせられる。ひたすら謝るしかない。

「小林社長の退任には溜飲がさがりましたが、石田部長の処遇は許せませんよ。この二年、小林には虐《いじ》められっぱなしで辞めようと何度か思いましたが、今度は気持ちをいれかえ石田さんを支えます」川崎店次長に降格された高橋になぐさめられる。

「よろしく頼みます」

助手席で頭をさげ次の取引先に向かった。燃費問題が長引けば車は売れず会社は存続の危機に瀕する。社内で人事異動の噂や愚痴ばかり吐く体質こそが問題で、今や太自は生き残れるかどうかの瀬戸際を浮遊しており、処遇など論じている場合ではなかった。

3

川崎店長として悪戦苦闘がつづく、七月初旬のことだった。

管理部長の菅野公平から至急販社に来てくれと電話で告げられた。忙しくて販社に行く時間などないと返事すると、調査が入った、電話では言えないと沈痛な声がし、只事ではない様子に真人は車で桜木町に急行した。

昼休み時間だったが、菅野は真人を会議室に押し込んだ。

「おまえさんに呼び出されるといつも良くない話だ。勘弁してくれよ」

真人は軽いジョークのつもりだったが、菅野の顔付きは強張っていた。

「今回は尻拭いですむ話ではない」

「太自が燃費不正を公表したあとの販社対策か」

「いや、そんなことでわざわざ呼んだりはしない。じつは、証券取引等監視委員会の調査員がおまえを訪ねてきた」

「調査……用件は？」

「例の関内のクラブママだ。山本玲子がインサイダー取引容疑で取り調べをうけている」

陽のスクープなんか大変な事件じゃないか」


「太自株の空売りでもしたか」

「心当たりがあるみたいだな」

「うちの車のリコールについて訊かれたことがある。株やっていたら業績とか今回の週刊太陽のスクープなんか大変な事件じゃないか」

「そんな呑気な話ではない。燃費不正の話、おまえから聞いたと証言したそうだ」

「俺っ？」血の気が引き顔面が蒼白になった。「あの女の作り話だ」

「川崎店にいると伝えておいたから、調査員が来るぞ」

真人はスマートフォンを取り出し玲子に電話した。着信拒否設定のコール音がする。メールをしたが送信不能だった。

「彼女は逮捕されたのか」

「インサイダー取引は情報元が確定しないと、逮捕どころか犯罪の立証はできんだろう」

「俺が否定すればどうなる」

「調査員は不必要なことはしゃべらなかった。おまえのことを根掘り葉掘り訊いてきた」

「何を訊いた」

「つまり、関内のクラブに出入りしていたかとか、住まいが同じマンションだとか。もうひとつあったな。小林前社長との関係を訊かれた」

「なんだって」

「だから、当局は小林さんも疑っていた。ふたりして関内のクラブに通ってたんじゃないのか」菅野は推測した。「昼飯でも食べに行くか」

「いや、メシどころではない。失礼する」

玲子の部屋に行こうかと一瞬考えたが、ふと思い出し、二俣川のがんセンターに車を走らせた。次長の高橋には急用で帰りが遅くなると伝えた。

二俣川自動車学校の近くにあるがんセンターの駐車場に車を止めた。小林の妻はここに入院している。小林に会えるかもしれないと真人は思ったのだった。

病棟受付で小林澄子の名前を告げ、夫の会社の部下だと名乗った。

「小林澄子さんは緩和ケア病棟に移られました。この奥の病棟です」

受付の女性が説明した。

「ありがとうございました」

がんは進行していたのだ。売店にもどり見舞いの花を買うと、意を決して緩和ケア病棟に行った。想像よりはるかに明るい病棟であった。真人はナースステーションで小林澄子の病室を訊いた。

「先ほどご主人が車いすで廊下を散歩されていたので、まだその辺におられるかもしれません。部屋はその突き当たりで名前が出ています」

　中年の女性看護師が親切に教えてくれた。

　やはり小林はここにいた。廊下を進むと患者が安らぐ陽当たりの良い場所があり、そこに車いすを止め窓の外を眺めている老夫婦がいた。紺色のブレザーを着た小林の横顔は辞めてからずいぶんと老けて見えた。白髪の妻は痩せて透き通るように白く、顔は優しさに満ちていた。この夫婦は不幸そうには見えなかった。仲良く安らぐふたりから平和な悟りのような雰囲気が漂っている。

「こんにちは」

　真人の声に小林は顔を向け、驚いた表情をした。

「よくわかったね」

　とても穏やかな声だった。社長室での上から目線の小林ではなく歳相応の分別を感じた。

「突然お邪魔して申し訳ありません」

　真人は素直に頭をさげた。

「話があって来たんだろう。妻を病室に連れて行くから、ここで待っててくれ」

　真人は見舞いの花を小林に差し出した。

「石田さんでしょう。わざわざすみません。夫がお世話になり、ありがとうございました」

車いすの澄子は深々と頭をさげた。

真人は澄子の姿に声がつまった。小林は車いすを押し、病室に向かった。じきにもどってきた小林は、黙って真人を病院の喫茶室に連れて行った。

「今度は何が起こったのだ。血相変えて」

証券取引等監視委員会から玲子が事情聴取を受けていることを知っていて、とぼけているのだろうかと思った。玲子が摘発されるとしたら太自の内部情報提供者がいなければならない。それと問題は週刊太陽に告発文書を送りつけた人物との関係だ。

「ショパンのママですが、太自株のインサイダー取引容疑で当局から事情聴取を受けていること、ご存じじゃないですか」

「知らないな。だけど石田君がここに来たのは私を疑ってのことだろうな」

「だって山本玲子が内部情報を知りうるとしたら、小林さんしかいないでしょう」

小林はもう社長ではない。ためらうことはなかった。

「じつは販社に当局の調査員が来て菅野が対応したようですが、ママはこの私から燃費不正の話を聞いたと事情聴取時に話したそうです。今度は私が事情聴取されるんですよ。ほんとキレそうなぐらい頭にきます。週刊誌の次はインサイダー。小林さん、話してくださいよ、これは一体どういうことですか」

「話はわかった。だけど石田君、君もじつに不運な男だな。女には気をつけろよ。君の奥さんだってそうじゃないか。最後の忠告のつもりだ」

「はぐらかさないでください。ママに内部情報を話したことは認められますよね」

「話したとしても、公にならない情報であれば、インサイダーの容疑者にはならんだろう」

「ママが私の名前を騙《かた》る目的を聞かせてもらえませんか」

「私は知らんよ。ママに黒幕がいるんじゃないか。水商売を長くやってれば、いても不思議はないだろう」

「わかりました。ママと小林さんはグルではなかったのですね」

「君を騙そうとした覚えはないよ。そのグルという言い方は止めてくれないか」

「急ぎますので、これで失礼します」

「見舞いありがとう。石田君、負けるんじゃないぞ」

今更そんなことを言われても心に響かないが、小林の顔からは傲慢さも皮肉も消え、意外な言葉が返ってきて返事のしようがなかった。

小林は真人の両手をとり、握り締めた。その手のぬくもりと握力に小林とはもう会うこともないと感じ、病棟をあとにした。

川崎店にもどったのは四時近くだった。次長の高橋から来客があると告げられ、会議室に入るとふたりの男が名刺を差し出した。金融庁証券取引等監視委員会の特別調査課職員だった。

「石田真人さんですね」年配の痩せた八木調査員が訊いた。

「そうです」真人の顔が強張る。

「早速ですが、インサイダー取引容疑がかかっており、職権で質問させてください。まず山本玲子さんですが、太自株三万株を信用で空売りしています。発注日は六月十九日月曜後場です。そして週刊太陽のスクープ記事が出たのが二十二日木曜です。その日太自株は一〇パーセント下落しました。翌二十三日金曜は太自の定時株主総会が開催され、冒頭、社長は週刊太陽の記事につき謝罪しました。その日も株価は一〇パーセント近く下落。翌週になっても太平自動車は週刊太陽の記事に抗議するでもなく、いわんや提訴もせず精査中を決め込んだため、株価は四日連続の下落。なんと四〇パーセント近く株価を下げました。国土交通省の立ち入り検査を受けることになり株価下落はひとまず落ち着き現在に至っています。山本玲子は六月二十八日水曜前場にて太自株三万株を買い戻し、二千五十万円の利益を確定させました。これは岡田証券の審査部門から当監視委への報告の一部ですが、週刊太陽のスクープ記事と照合しタイミングが絶妙でありかつ記事掲載を見越していたと推測。そこで情報提供者である石田さんに伺いたいのですが、よろしいですか」

八木は一気にまくし立てた。

「待ってください。私は山本玲子さんに燃費不正情報など提供した覚えはありません。彼女の一方的な言い分で容疑をかけられては心外です」

真人の主張を無視するように八木はつづけた。

「週刊太陽のスクープ記事は内部告発文書が発端になっています。週刊太陽に照会しましたがネタ元については明かせない旨回答があり、しかし記事によると情報提供者は太自関係者と書かれています。彼女の生活空間で太自関係者といえば小林前社長と石田さんしかいません。さらにあなたの場合は、山本玲子と同じみなとみらいのタワーマンションに住んでおられます」

八木は断定したように話した。もうひとりの調査員はメモをとっている。

「私は週刊太陽に告発文書を送ってなどいません。何度でも言いますが、山本玲子さんに内部情報を漏らしたりしていません。それと会社の内部情報を知る立場でもなく、ましてやインサイダー取引に加担する理由もありません」

「そうでしょうか。プライバシーに立ち入らせてもらいますが、石田さんは六月末で取締役を解任され七月一日付で川崎店長に降格されています。また小林社長も定年間近で退任されました。これは何らかの処罰人事ですよね。違いますか」

八木は真人を直視して訊いた。

「金融庁に会社の人事異動を捜査する権利があるのですか。迷惑な話ですよ」

「我々は人事を問題にしているわけではありません。週刊太陽の告発文書疑惑の責任をおふたりが取らされたのではと推測しただけです。山本玲子に話をもどすと、岡田証券の取引履歴から彼女の今回の大口空売りは前歴がなく、通常取引は買いが多く売りはわずかしかありませんし金額も少ないのです。注文を受けた岡田証券の野沢課長の話では、あまりのタイミングの良さに疑惑を抱き、頃合いを見て買い戻した手口から審査部門が当監視委に報告するに至ったのです」

そんな話など聞きたくもない。

「それで、私にどんな処罰があるのです？」

濡れ衣を着せられてはたまらない。

「当監視委は調査をしているわけで、本件を金融庁に勧告するのが役目です。金融庁の判断次第では検察庁の捜査もあります」

「冗談じゃない。迷惑な話です。よく調べてからお願いします」

「わかりました。それではこれで失礼します。お手間を取らせました」

ふたりを送ると真人は次長の高橋に後は頼むと託し、首都高速で車を飛ばしてみなとみらいに向かった。

夕方六時半。高層用エレベーターで二十五階に上り、玲子の部屋のインターホンを鳴らした。応答はなく二度鳴らしても同じだった。窓のカーテン越しに中をうかがったが部屋は暗かった。最上階の赤井の部屋にいるのではないかと思ったが、そこのインターホンを鳴らす勇気はなかった。真人は十五階の自宅ドアをカードキーで開け帰宅した。

「早いのね」キッチンからカレーの芳ばしい匂いがした。「桜木町の本社にでも用があったの？」エプロン姿の紗栄子が訊く。

「おまえに話がある」

着替えてダイニングテーブルにつくと、真人は声を荒らげた。サラダにカレーが食卓に載った。腹が減っていた。ビールは止め、カレーをがつがつと食った。

「なんか、嫌な感じねえ」

「おまえ、俺に隠し事があるだろう」

「いきなり、なによ」

缶ビールのプルトップを開け、紗栄子はそのまま口をつけた。

「だから、正直に言ってくれよ」

「何を言わせたいわけ」

飲み終えた缶ビールを食卓にドンと置いて言った。

「FXの資金、誰かから借りた金だろう」

「誰から聞いたのよ。おおよその見当はつくけど……」

顔色が変わり、真人を睨みつけた。

「とにかく、今すぐFXから手を引け」

「あなたにFXの何がわかるのよ。賭け事が嫌いなだけじゃない」

「おまえは好きなのか」

「子どもがいるわけでもなし、FXに熱中してどこが悪いの……負ければ取り返す。当たり前じゃない」

「それを中毒というんだよ」

「大きなお世話だわ。FXの醍醐味もわからない男に言い訳したくない」

「借金返せなかったらお水で働くとか言ってなかったか」

「そうねえ。あなた次第でそうするわ」

真人は夕食を終えた。売り言葉に買い言葉の会話をつづけているうちに、金融庁証取委の調査員が来てインサイダー容疑をかけられたという肝心なことを告げる気が失せた。話したらまた紗栄子に毒づかれるに決まっている。

4

紗栄子は午後の陽差しがまぶしい赤井の部屋のリビングで、淹れたてのコーヒーを飲んでいた。

この日、赤井の部屋を訪れたのは、五百万円を融資してもらうためだった。

「切羽詰まったような顔して、どうかしたのか」

「お金を貸して欲しいのです。お願いします」

「借用書にも書いたが、六か月の期日は守ってもらわないと困るんだ」

「だから、半年まえにお借りした百万円はこのまえ返済したはずです」

貴金属やバッグを処分してなんとか工面した。

「金額次第ではこのマンションを担保にしてもらう」

「真理さんもマンションを担保にしているのですか」

「彼女にはそこまでの借用はまだない」

「でも、五百万の与信があると聞いています」

赤井が融資をためらっているように感じたので、真理を引き合いに出した。

「与信枠はあくまでも与信だ。実績とはかぎらん」

頑強な赤井に紗栄子は食い下がった。ＦＸの負けを取り返すためには、証拠金を積み増して投資するしか手立てがない。

「いくらなら貸していただけますか」

紗栄子はテーブルに両手をつき深々と頭をさげた。

「そんなに困っているのか……」嘆息して赤井は言った。「あんたの得意はなんだ」

相手は三十以上も歳の離れた老人で、それに安心したのか本音が出た。

「洗濯です」

「洗濯！　まさか手洗いとか……」

赤井は苦笑いした。

「そうです。手洗いです」

「洗濯機じゃまずいことでもあるのか？」

「洗濯機ではからだは洗えません」

「人間の手洗いか……」赤井はキョトンとした顔で訊いた。「誰のからだだ？」

「夫でした」

「旦那を洗濯か、斬新な表現で感心した。それも過去形が刺激的だ」

「わたしはからだの潔癖性なのです。綺麗なからだじゃないと触られたくないのです」

「指先から頭髪までと解釈してもいいのか」

「耳の穴から鼻の孔まで徹底します」

「俺の人生七十余年だが、そんな女にめぐり逢ったことはない」

赤井の眼が光った。「それを、俺にしてみるつもりはないか」

午後の陽差しが長くのび、からだは汗ばんでいた。唐突な赤井の要求だったが、紗栄子にためらいはなかった。

「赤井さんが望まれるなら、お見せします」

「じゃあ、さっそくだが、やってもらおう」

「でも、五百万円、貸していただけるのでしょうか」

「俺を驚かせたら考える」

老人のからだを洗うことなど造作もないことである。手際よくやれば十分ですむ。それで五百万円が調達できるのだ。

「では、お風呂場で脱衣してください」

「あんたはどうするつもりだ」

首を傾げて赤井は訊いた。

「下着でよろしいですか」

「当然じゃないか。勘違いしてもらっては困る」

七十を越えているとは思えない筋肉質のからだで、シャワーの湯が赤井の肌に水滴を作る。その元気な全身をボディーソープで泡立て、頭髪ではなく足の指から紗栄子の両手が這っていく。紗栄子は風呂いす、赤井は全裸で立ったまま、目障りだったのが勃起したペニスで老人とは思えない立派な一物であった。つい真人と比較する自分に呆れた。

赤井をロボットに見立て、からだの部位の一つひとつに集中し、マッサージしながら指と掌をすべらせる。下腹部を撫でるように洗い、ペニスを両手で包み込み揉むように摩擦した。締まった腹から盛り上がった胸へと紗栄子の両手は伸びたが、赤井は彫像のように起立した姿勢を保ち無言だった。

残すは頭部だけになり、「いかがですか」と紗栄子は訊いた。

「ワンダフル」

余計なことを言わない赤井に、紗栄子は好感を持った。

風呂いすに座らせると、シャンプーを角刈りの頭髪にまぶして揉み洗いしマッサージを繰り返した。最後の部位となった顔面に紗栄子は異様な執着で臨んだ。顔面のツボに両手の人差し指と親指で交互に指圧を繰り返し、耳の穴は小指で丹念に摩擦した。問題の鼻孔は熱いタオルで蒸し、鼻の通りを良くしてから舌をすぼめて刺激し、口ですべてを吸い込んだのだった。

「参ったな。主婦にしておくのは勿体ない」

リビングでガウン姿の赤井は紗栄子を称賛した。十分のつもりが小一時間になったのは、赤井の紳士的な振る舞いに意外性を感じたせいだった。赤井は寝室の金庫から帯付きの札束を五個持参し、テーブルにドンと置いた。

五百万を紙袋に入れ、一度部屋に戻った紗栄子は、玲子の部屋に向かった。

午後二時、インターホンを鳴らした。返事はない。

「紗栄子です。耳寄りな話があります」

液晶画面を意識して紗栄子は顔を近づける。応答はなかった。

「玲子さん、いらっしゃるんでしょ。返事ぐらいしてもらえません」

執拗に食い下がる。

「紗栄子さん、ひとりなの？」

警戒するような低い声がした。

「ええ」

「それなら、どうぞ」

開錠する音がし、ドアを開けると、玄関に玲子が立っていた。薄化粧のせいか顔色が青白かった。

「お邪魔してもいいかしら」

「用件を先に言ってくれない」

「主人のことではなく、女同士の話がしたいの」

「ごめんなさい。個人的な話はしたくありません」

「赤井さんのことです」

玲子の目が光った。

「赤井ねえ、どんな話なの？」

「玄関口では……」

「そうね。あがって」

リビングの洒落たソファに腰掛けた紗栄子は、おかまいなくと断ったが、「コーヒーを淹れたところなの」と玲子は言い、テーブルにコーヒーを出した。

「ほど良い酸味と芳ばしい香りが絶妙で、口あたりがたまらないコーヒーね」

「落ち着くでしょう。コーヒーは私の薬なのよ」

玲子の表情に安堵と不安が交錯した。

「紗栄子さん、赤井とどういう関係なの？」

「じつは、わたしFXで大損していて赤井さんからお金を借りてます。このマンションに住む夏川真理さんの紹介だけど」

玲子は黙した。

「でも赤井さんって、表現するのむずかしいけど、とても魅力的な男性ですよね」

「たとえば、どんなとこ」

「苦労するたびに男らしくなり、歳とともに渋さが加わり、話すと照れと優しさが混じる。女性なら、つい身の回りの世話をしたくなるような人じゃないですか」

「口がうまいのは、昔と変わらないわね。こう言っちゃ失礼だけど、あなたの旦那は赤井とは真逆じゃない」

玲子が、紗栄子の誘導に乗った。

「そうかなあ。女好きなところ似てないかな」

「あなたの旦那、もっといい男かと思っていたけど、気が小さくない？」

「平凡なサラリーマンだもの、普通よ」

そわそわして落ち着きのない玲子に紗栄子は言った。

「散歩中に赤井さんに脅され、玲子さんに救われた話だけど、芝居に気づかない旦那よりも、ふたりの演技が迫真だったんじゃないの」

「あなたには何でも話をするんだ」

　玲子は呆れたような顔をした。

「ゴルフの話もね」

「わかったから、早く赤井の話を聞かせてもらえない」

　苛立つ玲子に紗栄子は容赦なく言い放った。

「キャバ時代から変わってないわね、自分勝手でわがままな性格。直さないと捨てられるわよ、赤井に」

「赤井を呼び捨てにしたけど、あなたこそ、悪い癖が直らないんじゃないの。ＦＸで大損したとか言って赤井に近づいた。困ったふりするの得意だったよね、キャバの頃から」

　玲子は紗栄子を皮肉った。

「あなたには、色々教わったわよ。お水の先輩だもの」

「バカにしてない。だけど今更そんなことどうでもいいよ。赤井の話が聞きたいから、部屋にあげたのよ。早く言いなさいよ」

「うちの旦那をハメた理由を聞かせてくれたら、赤井がしゃべったことを、あなたに教えてあげる」

赤井が玲子と組んで、夫の真人を陥れた。赤井に夫の性癖と日常行動を訊かれ、深く考えもせず話した。それが原因で夫は会社の出世の階段を滑り落ちてしまった。

紗栄子は玲子が許せなかった。

玲子はコーヒーをゆっくり味わうように飲み、紗栄子にきつい視線を投げた。

「あなたと赤井がデキてて、ふたりで旦那をハメたんじゃないの？」

玲子の反撃は意外だった。

「赤井が何もしないで女を部屋にあげたりするわけないのよ」

「それって、玲子さんの妄想じゃない」

「そんなことはいいから、早く赤井の話をしてよ」

玲子の苛立ちを紗栄子は無視した。

「ダメよ。旦那をハメた理由を聞かせてもらわないと、赤井さんを誤解することになるから」

「面倒ね。そんなに知りたいなら、教えてあげる。あの人の会社の中古車センター用地の売買に赤井が一枚嚙んでて、それを成立させるために、目障りだった管理部長を籠絡しようとしたわけ。これで、納得した？」

「その程度のビジネスで、うちの旦那の会社人生をダメにしたわけか」

「赤井の命令に従っただけよ。だけど、女に引っかかる亭主って、女房にも問題があるんじゃないの」

「そうね。話してくれてありがとう」

紗栄子はソファから立ち上がった。

「今度は、あなたの番よ」

「赤井さんにはお金を貸してもらっただけで、それだけだわ」

「わたしを騙したのね」

「関心を示すことでも言わないと、部屋にあげてくれないから言っただけ。騙しただなんて、あなたから言われたくないわ。お邪魔しました」

紗栄子は振り向くことなく玄関に行き、パンプスを履くとドアを開けた。

5

紗栄子が帰ると、玲子はソファで首枕をあて目をつむった。昨日は金融庁の職員に事情聴取され肝を冷やしたが、今日は紗栄子に急襲された。いずれも不意打ちで予想もしてない訪問者であった。

サエとは、去年の夏、マンションの通路で、十五年ぶりに再会した。互いにキャバ嬢のころの源氏名が出た。午前十時ごろチワワの散歩から帰ってきたところで、「REIさんは、何階」と訊かれ、「二十五階よ」と答えたら、「お邪魔してもいいかしら」とサエが人懐っこい顔で訊いた。サエのその後にも興味があり、時間もあったので自室に招いた。

「ご主人とはどこで知り合ったの？」

コーヒーを飲みながら玲子は訊いた。

「太平自動車。Rを辞めた後、社内結婚してすぐ大阪に転勤になり、私は退職したの」

「そういえばRで、金子常務にお伴してた男いたじゃない。サエに迫った嫌な奴」

「お蔭さまで、馘にならずにすみました」

兼業禁止で脅されていたサエを見かねた玲子は、金子常務に言いつけると言えば簡単だわとアドバイスした。大企業で上司の常務の感情を損ねたら出世はなくなる。

そのとき玲子は、ふたりの男の十五年後が知りたくなった。

「金子常務とお伴の男、今何してるか知ってる？」

「金子常務は子会社の社長をされた後、退職しました」

「そうねえ。キャバに経費で来る常務の先は見えてたわね。社長になる男は、六本木や銀座では遊ばないよ。とくにキャバは費用対効果が悪いものねえ」

玲子はキャバに来る男たちの飲み方でその男の将来を値踏みしていたのである。玲子のお客にはやくざや不動産屋、ＩＴ企業の社長たちのような金払いの良い客が多かった。上場企業の役員はまれである。

「お伴だった小林さんは常務取締役企画部長を最後に、神奈川太平自動車販売の社長になったわ」

「ということは、小林さんはこの近くの会社にいるわけね」

「それと、うちの主人もその販社にいるの」

「ご主人、太平自動車勤務じゃなかったの？」玲子は疑問を投げた。

「太平自動車から販社に出向してね、主人には内緒にしてるけど、Ｒでの件があるでしょ。意地悪されるんじゃないかと内心穏やかじゃないわけ」

今は石田という姓だとサエは言い、そんな殊勝な話をした。

当時三歳上の新人キャバ嬢だったサエにはお客がなかなかつかなかった。客のとれない女の子はシフトを外され、挙句辞めることになる。

玲子はやり手マネージャーの高井に頼み、自分のヘルプにつかせた。ほんわかした愛されキャラのサエは、年下で売れっ子の玲子にとってヘルプとして好都合に映った。

だが、サエの成績はパッとしなかった。

「わたしに遠慮しなくていいから、サエさんに気のありそうなお客いたら誘いなさいよ。がんばらないと、ヘルプさえ回してもらえなくなるのよ」

六本木のRは常連客が多い繁盛店で、とりわけやくざや不動産屋は上客だった。キャバ嬢は好かれキャラを演じることが肝だと教えたが、サエは演技が下手だった。やくざ者や不動産屋に素で接して敬遠された。

サエを救ったのは玲子目当ての客で、やり手の外資系トレーダーだった。サエの癒しキャラにハマったのだ。

サエの特技は全身のマッサージ洗いで、その権藤というバツイチ中年男は骨抜きにされ、Rで散財した。そのうちにトレーダーとして落ち目になると、掌を返したように冷たくなり、相手にしてくれなくなったと権藤は玲子にこぼした。見かけと実際とがあれほど違う女は見たことがないと権藤は捨てゼリフを吐き、Rに来なくなった。

「でも、関内の高級クラブのオーナーママだなんて、凄いわよね。さすが売れっ子のREIさんだ。何をやっても成功するんだもの」

権藤の転落人生も知らないで、紗栄子は追従した。

それから玲子はすぐ小林の会社に電話し、社長を呼んでもらい、今すぐ逢いたいと懐かしさを演出した。

小林はまんざらでもない声で同伴の誘いを了承した。十五年ぶりに会った小林はまだ五十八だったが、出世のオーラは消え、消化試合のような愚痴っぽい経営者になっていた。それでも太平自動車への未練は消えず、いつも会社の現状を嘆いていた。

今年の四月末にゴルフに行く車中で、小林が販社で中古車センター用地を探していることを知り、みらい不動産の小室を紹介した。東神奈川の国道沿いにある土地を見学した小林はえらく気に入り、購入の方向で検討することになった。土地の売買契約終了後、玲子は小林と箱根の温泉旅館に行くと約束をした。

これはすべて赤井の指示によるものだった。赤井は不動産屋の小室、司法書士の田中と手を組み、他人の土地を偽って第三者に売り渡す「地面師」だった。

ところが、そのシナリオに赤信号が灯った。


ソファでうとうとし、気がつくと赤井に呼び出されて約束した午後五時近くになっていた。赤井にはすべてを見透かされているようで怖かった。

五時に赤井の部屋に行った。

みらい不動産の小室雄二がリビングのソファで不敵な笑みを浮かべて玲子を迎えた。小室の横で赤井は顔を引き攣らせ、玲子を睨んでいる。いつもと違う凄みがあった。

「玲子、おまえ、とんでもないことをしてないか」

紺のスーツにノータイの小室が切り出した。

「なんのことかしら？」

L字型ソファに並んで座るふたりの男の刺すような視線に、玲子の内心はざわついた。

「とぼけるつもりか、おい」

小室が追及する。

「だったら、はっきり言えばいいじゃない」

「おまえのおかげで、中古車センター用地の売買が怪しくなっちまった」

「太平自動車の燃費不正疑惑のせいかしら……」

ノースリーブのニットにグリーンのパンツ姿の玲子はさりげなく言ったが、黙っている赤井の目つきにからだを突き刺されそうな痛みを感じた。

「週刊太陽にタレこんだのは、おまえだろう」

「わたしがタレこむ？　そんなこと、なんでわたしがしなくちゃいけないの」

玲子の声はうわずっていた。

「太平自動車の内情と愚痴を小林からいつも聞かされると、俺に話したこと、忘れてはいないだろうな」

小室は眉間に皺を寄せ玲子を睨みつけた。

「だから、小林を紹介したんじゃない」

同伴時の個室和食料理屋やゴルフの行き帰りの車中で、小林は太平自動車の燃費不正について会長、社長に進言したせいで自分は干されたと愚痴った。

会社の大変な機密事項であることは理解できたが、あまりに専門的だったのでスマートフォンで録音しておいた。そのときは中古車センター用地の件で役立てばという単純な思いだった。しばらくしてネットで調べたら、それは致命的ともいえる燃費不正であった。

赤井に内緒で、株の空売りで儲けようと思い付いたのはそのときだ。太平自動車の暴落に賭けた。クラブの景気もいまいちで、横浜での生活も三年になり、東京が恋しかった。土地が売れた分け前と株の儲けで、赤井との関係を清算するつもりだった。週刊太陽にタレこんだことは口が裂けても言えない。赤井に半殺しにされかねない。

「俺たちに内緒で、姑息なことしただろう、おい」

小室は拳を振り上げ威嚇した。

「なんのことかしら？」

「とぼけるつもりか！　おまえが内緒で株を売買してることはバレてるんだ。岡田証券の野沢とかいう課長なあ、俺の事務所にも来てるんだよ」

玲子は血の気が引き、同時に野沢の調子のいい顔が浮かんだ。それこそ太自株をどこで手仕舞いするか迷い、野沢に相談したのだった。

支店長のお伴でショパンに来ていた野沢に太自株の空売り注文を出したとき、「度胸ありますね、玲子ママは」と半ば揶揄していたが、「大当たりですよ。もっと下がりますよ」とけしかけた。「まさか週刊太陽のスクープ記事になるとは」と感心したので、「素人だから、野沢ちゃんを信じた結果ね。まさかよ」

野沢が太平自動車の売りを推奨していたのだ。

「それにしても二千万円の空売りですよ。信用注文だから、発注後上がったらどうしようかと心配で夜も眠れなかったですよ」

「嘘ばっかり。証券屋さんとお水、似てるんじゃないの」

「心配したのは本当ですよ」

「ありがとう、野沢ちゃん」

「僕、ママのファンですから」

「嬉しい。今度お礼するわよ」

「気になるなあ」

「何して欲しい」

「僕の口から言えるわけないじゃないですか」

「わかった。楽しみにしててね、野沢ちゃん」

野沢とのやりとりが鮮明に蘇ってくる。男に期待を持たせて玲子は生きてきたが、その逆も味わっているから、お互いさまだ。いかにも調子のいい野沢とはいえ、小室に太自株の件を漏らしたりはしないはずだ。

「黙ってないで、小室に返事してやれ」

赤井の口調が意外に穏やかだったので、玲子は思い付きで言った。

「岡田証券の野沢課長を信じて売買してるだけです」

「週刊太陽のスクープ記事と符合するような大口売買をしたそうだな」

赤井が言うと憶測で言っているとは思えなくなるから不思議だ。

「証券マンが個人情報を他人に漏らしたりしません」

「じゃあ、おまえは太自株の売買はしてないのだな」

「取引はすべて小口です」

赤井に問い詰められるとひるむが、妥当な返事はできた。

「そうか。じゃあ、今ここで野沢の携帯にかけて、売買の実績を確かめろ」

「きっと、今は外回りの営業中じゃないかな」

赤井の鋭さに玲子は肝を冷やしたが、とっさの言い逃れをした。

「出るか出ないか、かけてみろ」

証券マンはいかなるときでもお客からの電話には出る。出られないときは、必ずあとでかけてくる。それを知っている玲子はためらった。

「小室、おまえのスマホで野沢にかけ、玲子に代わらせろ」

「野沢の携帯番号がわかりません」

「玲子に訊け」

「わたしも知りません」

教えるとまずい。

「小室、支店に電話しろ。野沢の携帯番号を教えてくれるはずだ」

「わかりました。支店の番号はスマホに登録しているはずです」

小室がスマートフォンで岡田証券横浜支店の検索をはじめた。

「待ってください。わたしが株で得しようが損しようが個人の自由でしょ。それでも知りたいのなら、いくら儲けたか言ってもいいわよ」

「玲子、言いたいことはそれだけか。小室、教えてやれ」

「自分で確かめさせたらどうですか」

「そうだな。じゃあ、今ここで小林に電話しろ。土地の決裁を迫れ」

「メールじゃダメなの」

「電話じゃ、都合の悪いことでもあるのか」

「会社にいるときは電話に出ないわ」

まだ五時半だ。社長室にいれば小林は電話に出る。玲子はためらった。

「小室、玲子のスマホで小林に電話しろ」

「はい」

小室は玲子のポシェットを取り上げ、中からスマートフォンを出し手に持った。

「パスワードを教えろ」

「どういうことなの？」

「かけたくないのだな」

「パスワードならわたしが入力するから、電話は小室さんがすれば……」

小林の電話番号をセットし、再度小室に手渡す。小林が電話に出ないことを願うしかない。

小室は発信した。コール音が鳴る。しばらく鳴っても小林は出ない。留守電に繋がれば助かるが、小林は出た。

小室はスマートフォンをスピーカーモードに切り替え、玲子に手渡した。

「ご無沙汰です。社長がお店に来てくださらないので、玲子、寂しいわ」

「ごめん。連絡するのも気が引けてね。じつは六月末で会社を辞めた。毎日が自宅ってわけだ」

玲子は言葉を失った。

「石田も役員降格になった。ふたりとも、討ち死にだ」

「そうだったのですか。お時間を見つけて、またお店に来てくださいね。自宅に電話したりしてごめんなさい。失礼します」

取り繕いはしたが、落胆は隠せなかった。

「おまえのせいで、これまでの努力が水の泡だ」

小室の目は血走っていた。

「どうすれば、いいの？」

「また同じようにやるんだよ」

「誰を？」

「今度の管理部長は菅野というそうだが、石田を介して菅野に近づけ」

小室も必死だった。

「玲子、おまえの空売りのせいで、みなが被害をこうむった。この落とし前はつけてもらう。

わかったな」

赤井の言葉で玲子は覚悟を決めねばと思った。

第五章　最後の女

1

紗栄子の携帯に、時間があったら部屋に来て欲しいと赤井から電話があった。

紗栄子は敢えて用件は訊かなかったが、五百万円を借りている赤井の要請を断ることなどできない。

「呼び出してすまないねえ。最近、からだの疲れがとれなくて困ってるんだ」

リビングのソファで赤井は嘆息した。

「定期的に健康診断とかされてます？」

「健康診断どころか、病院も行ったことがない」

弱気な赤井を見るのは初めてだった。

「わたしが付いていきましょうか」

「そうだな。今度頼もうかなあ」

「今日はとりあえず、からだをマッサージしましょうか」

「例の洗濯を頼むよ。その代わりといってはなんだが、毎月の利息は相殺しよう」

「ありがとうございます。助かります」

「じゃあ、どうだ。ふたりで洗濯ごっこでもしてみるか」

赤井の提案に卑猥さは感じなかった。

「赤井さんに洗ってもらえるのですか」

「爺じゃダメか」

「そんなァー」

紗栄子は恥ずかしかった。赤井は老人とは思えない締まった体形だが、紗栄子はウエストの肉が邪魔だった。

「じゃあ、風呂場に行くか」

「そのまえに、タオルあるだけ用意してください。レンジで蒸しタオルを作ります」

「あんたには感心する。驚きと工夫が満載の女だ」

「おだててもダメですよ。わたしの特技は相手を気持ちよくさせることで、それでわたしも気持ちいいのです」

「なるほどなあ。俺も真似してみるか」

「いいんですか……お願いしてみようかな」

紗栄子は微笑みながら、濡らしたタオルをレンジで温め、ポリ袋につめ密封した。

バスルームの赤井は首のうしろで両腕を組み、腹式呼吸をしながら立っていた。

バスタオルを巻いた紗栄子は湯の出るスイッチを押し、まず赤井を空の湯船に後ろ向きに腰掛けさせた。蒸しタオルを首筋と肩にあてて温め、赤井の額を両手で押してから、首筋を指圧し両肩をもみほぐす。

「首と肩がカチカチです。血流が悪くなると脳梗塞とか心配ですからね」

「独り暮らしは神経が疲れる。今日の来訪はグッドタイミングだ。ありがたい」

湯船に徐々に湯が溜まり始める。下半身が湯で温まり、上半身は指圧とマッサージで刺激され、赤井はねむくなったのか静かになった。

「湯船から出て、首のうしろで両腕を組む姿勢で直立してみてください」

赤井は目をこすりながら直立した。

「今日は手ではなく、舌で全身を洗います」

紗栄子のすぼめられた舌は、まるで綿棒のように赤井の耳の穴をぐるぐると弄る。両耳を洗い終えた柔らかい舌は顔面から脇の下におりていく。乳首のまわりをぺろぺろと舐め、脇腹から下腹部へと舌が螺旋を描いていく。温かいタオルで陰部を蒸してから、紗栄子の舌は屹立《きつりつ》したペニスのまわりを舐めまわし、ゆっくりと咥え込み、汁を吸い込み飲み込む仕草を繰り返す。風呂いすに座らせると片足を伸ばし、太ももから細い脚へと舌がすべっていく。足指は一本ずつ咥えて吸い、洗う。

「すばらしい。あんたは最高だ」

赤井は紗栄子を抱きしめバスタオルをほどいた。たっぷりと溜まった湯の中に冷えた紗栄子のからだを浸し、赤井も入ると、まず紗栄子の足裏マッサージをはじめた。

「プロみたい。超気持ちいいです。わたし、幸せです」

「それは良かった。俺も久しぶりに生きる歓びに浸った」

赤井の親指は力強くて足裏のツボにはまり、痛いが、からだがすーっと軽くなっていく。足を湯船から持ち上げ、指を口で転がすように舐めて吸ったあと、脚から太もものマッサージをはじめた。紗栄子はかつて男からこれほどの扱いをうけたことはなかった。

「止めてください」

秘所を爆吸いされ、紗栄子は嬉しさのあまり叫んでいた。大きな乳房にちょこんとついている蕾《つぼみ》のような乳首を舐め吸われ、イキそうになった。

「もう我慢できません」

「どうした」

赤井は舐めるのを止め紗栄子の顔を覗き込んだ。

「いじわる」

湯船で抱きつく紗栄子を赤井は持ち上げ、浴室のバスタオルで全身を拭いた。されるがまま紗栄子は赤井にベッドに運ばれた。

2

その日の夕方七時、玲子は紫陽花を地紋にした淡緑色の着物姿で、お店に行くまえに赤井の部屋に立ち寄ることにした。

一昨日は金融庁の調査員に事情聴取された。調査員は帰り際に、我々はこの事実を金融庁に勧告するために訪問したが、犯罪に関しては検察庁の捜査となり、神奈川県警が所管すると、暗に逮捕をにおわせて帰った。

昨日は、突然訪問してきたサエに、皮肉を浴びせられ、赤井との関係をにおわすようなそぶりをされた。その後、小室にいびられ、頼みの赤井には落とし前をつけると脅されたのだ。

その落とし前の内容をはっきりと赤井の口から聞いておきたかった。

「ねえ、パパ、黙ってないで何か言ってくれない」

赤井の沈黙に我慢できず、拗《す》ねて甘えてみせ、ソファで葉巻を咥えた赤井のもう一方の手を握りしめる。

「罠をかけて墓穴を掘った。株に目が眩んでなあ。馬鹿な女だ、おまえは。これで土地取引も幕引きだ」

口を開いた赤井は辛辣だった。

「ごめんなさい。わたしが欲をかいたのがいけなかった」

「おまえは大事に集中できず、いつも脇道にそれて生きてきただろう」

赤井の頰に残るケロイドの痕が赤く染まっているように見えた。

「今回は許して。お願いします」

玲子は頭をさげて懇願した。

「横浜に逃げてきたおまえを俺は救った。タワーマンションに住まわせ関内のクラブママにもした。それは商売に役に立つ女と見込んだからだ。それがどういうことかわかっていたのか」

赤井は詰った。

「わたしなりに、パパに尽くしたつもりです。地上げ屋の時子さんのようにはいかなかったかもしれないけど……」

玲子は余計なことを口走った。

「なんだと。おまえ、時子と比較するつもりか。時子がどんな女だったか知らない癖に、知ったような口利くんじゃない」

赤井の心中に巣食っている時子を呼び戻してしまった。

「自分のことしか考えていないおまえとは大違いだ。おまえの頭の中はいつもカネだ。違うか?」

「ごめんなさい」

自分だってそうじゃないかと反論したかったが、堪えた。

「時子はなあ、カネよりも商売に執着する女なんだ。母子家庭で苦労したとおまえは言ったが、苦労したのはおふくろさんだろう。東京の音大まで出してもらって、ほかのお嬢と比較した苦労など糞だ。そうだろう。それで六本木のキャバ嬢をやった、結構な話じゃないか。おふくろさんは、保険の外交で地べたを這って販売したんだよ。おまえはなんだ、客のドンペリを飲みまくって売れっ子になり、学生の分際で月二百万稼いでカネの魅力にとりつかれたのか。毎日真面目にピアノの練習をしてればいいものを」

「時子さんや母と比較するのは止めてくれない。時代が違うじゃない」

赤井の見幕に、玲子も切れて居直った。

「それじゃ訊くけど、時子さんは、その後どうなったわけ？」

「時子か。九〇年代のバブル崩壊で店は破綻したなあ。社長は沖縄の海で入水したよ。当時は地上げ屋で死んだ奴など珍しくなかった。残された時子は俺を伴い、横浜に逃げたってわけだ」

「わたしとどこが違うのよ」

「おまえも、ホストクラブの借金に追われて横浜に逃げたんだったな」

赤井は薄ら笑いを浮かべた。

嘘で塗り固められた水商売の世界の話など聞きたくなかった。お説教はしない赤井が今日にかぎってしつこくうるさい話をする。玲子は落とし前をつけると言った赤井の指示に従うつもりで来たのだ。

「横浜駅西口のキャバまで追っかけてきたホストのアキラをパパが撃退してくれた。風俗に売り飛ばされる寸前だったから、パパには感謝してるわよ」

精一杯の謝意を伝え、赤井の様子をうかがった。

「その新宿のホストクラブ、たちの悪い店でな。おまえは睡眠薬を飲まされ、不当請求されてたこと覚えてるか。厄介者をホストは風俗に売り飛ばして関係を断つんだよ。司法書士の田中先生に感謝しろ。先生が先方に乗り込み、調査結果を見せて法廷で争う決断をしたから、相手も渋々引き下がった」

アキラに厄介者扱いされたことが玲子には空しかった。何千万も使ったことに後悔などない。

「ドンペリという高額な水を客に売りつけたキャバ嬢は、ホストにそのドンペリで仕返しされたんだ。アキラに結婚をしつこく迫ったらしいが、ホストは客でなくなったうるさい女を始末するために、風俗と繋がってること知ってたか」

そんな残酷な話を今更蒸し返して、何が言いたいのだ。

玲子は母親への反発から結婚を願望しただけだった。アキラに騙されたくらいで挫ける玲子ではなかったが、風俗だけは生理的に受け付けなかった。

「すべて、謝ります。だから、わたしはどうしたらいいのか、指示をください」

「逮捕でもされたら面倒なことになる」

葉巻の火を消し、赤井はため息をついた。

「パパに迷惑はかけたくないから、横浜を離れます」

「今から、逃げるのか？」

「警察に追われて生きていくのは嫌だから、裁きは受けるわ」

「このままだと逮捕されるぞ」

「パパとの関係はしゃべらないから心配しないで」

「どういうことだ」

「小室さん見てると、まともな不動産屋には見えないのよ。店に来てる不動産屋さん、口は悪いけど悪党ではないわ」

「小室が悪党だと」

「昨日、ねちねちとさんざん言われたけど、小悪党そのものだったわよ」

「小悪党だと。なんだ、その言いぐさは」

「小悪党がいれば、本当の悪党がいるはずよね」

「おい、玲子。調子に乗るんじゃないぞ。痛い目にあってもいいのか」

「痛い目って、何よ」

「口が利けなくなる。つまり、声帯をつぶされる」

「どうやってつぶすの」

玲子は開き直って訊いた。

「口をこじ開け、声帯をほじくり出せば、声は出ない」

赤井の裏の顔に玲子の背筋は凍った。

3

二日後の経済新聞の下段端っこに以下の記事が掲載された。

『インサイダー課徴金勧告太平自動車株で』

証券取引等監視委員会は七月十二日、太平自動車株を巡ってインサイダー取引をしたとして、神奈川県横浜市の三十代女性クラブ経営者、山本玲子に課徴金二千五十万円の納付を命じるよう金融庁に勧告した。監視委によると、山本玲子は太平自動車関係者から燃費不正疑惑情報を聞き週刊太陽の記事が出た前後に、不正に同社の株を売買した。


記事が出た翌日午前十時、真人は桜木町の社長室に呼ばれた。

「この記事の関係者とは石田君だね」

新任の泉社長から言われ、真人は反駁《はんばく》する気持ちが失せた。

「恐縮ですが、小林前社長という見方もできます」

同席した菅野が援護した。

「退任された小林さんをこれ以上傷つけることは後任としてできない。石田君、どうかね。本社は懲戒解雇を言ってきたが、それでは退職金も出ないし君も困るだろうから自己都合にしてくれないか。私の誠意と思って受けてもらいたい」

恰幅のよい泉の大きな顔にかたくなな印象を真人は抱いた。抵抗するとこじれるタイプである。

「わかりました。自己都合でお願いします」

「そうかね。よく決心してくれた。それでは七月末退職でいいね」

泉は菅野に目配せした。

「後任は高橋次長にやってもらうので引継ぎはなく、あとは有給でよろしいですね、社長」

「結構だ、菅野部長」

真人は頭をさげ、失礼しますと言って社長室を出た。

販社の裏口から出て駐車場に止めた車に乗り、第二京浜国道で川崎に向かった。急ぐ必要などもうなかった。今日で会社生活は終わった。これからどうするか考えていると川崎店に車は着いた。相変わらず車購入の来店客はいなかった。

「次長、今日で会社を辞めるから、あとのことは頼みます」

「えっ」と高橋は絶句した。菅野から内示をもらっているはずだ。

「手荷物を片付けたら自宅に帰るので、みなさんによろしく伝えてください」

午後二時、深いため息をつくと車を発車させた。川崎店にいたのは十日ばかりであった。急ぐこともなかったが、帰りは首都高速に乗ってみなとみらいインターでおり、マンションにもどった。

「ただいま」

ドアを開けるとなぜか大声が出た。パソコンに張り付きFX取引に没頭しているはずの紗栄子の気配がない。留守だった。

FXより大事な用事といえば、金策だ。直感的に赤井の顔が浮かんだ。すぐ部屋を出るとエレベーターで一階に下り、高層用に乗り換え三十階まで上った。表札はなかったが、それこそ赤井の部屋に違いないと思った。

勇気を出してインターホンを鳴らした。返事がない。だが何故かはわからなかったが、部屋に誰かがいる確信があった。また鳴らした。さらに長くチャイムを押しつづけた。

「どちら様ですか」

中から聞き覚えのある女の声がした。

「十五階の石田です」

「どうぞ」

開錠されたドアを開けると、玄関口に夏川真理が立っていた。真人は頭が真っ白になった。

「赤井は出かけています」

真理があまりに落ち着いているので、真人は現実を理解できずにうろたえた。

「心配しなくても大丈夫ですよ」

真理はそう言うと真人を広いリビングのL字型ソファに案内した。見晴らしの良い部屋にゴージャスな家具が揃っており、同じマンションとは思えなかった。

「どういうことですか？」

「わたしを赤井の愛人と思ったりしなかった？」

「他人のマンションで悠然として大丈夫なんですか」

気が気でない真人は真理の問いには答えずに尋ねた。

「大丈夫よ。赤井のスマホにGPSを仕込んでるから」

真理は白い歯を見せて笑った。

赤井のスマートフォンに触れられるのは寝ているときか、トイレに立った隙にでも狙うしか手立てはないだろう。それにパスワードを知らなければ、画面操作はできない。

「夏川さんは赤井に信頼されてるみたいですね」

「わたし、赤井の掃除婦だから」

「掃除婦？」

「そうですよ、クリーニングウーマン。利息と相殺でやってます。哀れな主婦でしょ」

真人は返事に窮した。

「スマホにGPSを仕込むのってむずかしくないですか？」

「石田さんもやって欲しい？」

「いや」

真人は照れ笑いをした。

「寝ている隙に、紗栄子さんにセットされてるかもしれないわよ」

口に手をあてずに真理は笑った。

「もしそうだったら、僕のスマホでこの部屋にいることが紗栄子にわかるんだろうな」

「GPSは衛星だから、部屋までは教えてくれないわ」

「そういうものですか」

スマートフォンの機能については男よりも女のほうが概して詳しいようだ。販社管理部でも若手男性より女性のほうが操作に長《た》けていたように思う。

「ところで、赤井は今どこかな」

紗栄子が赤井と一緒にいるのではないかという妄想が、真人を苦しめていた。

「どこだと思います？」

ふふっと真理はからかうようにくちびるを突き出す。意味深な態度である。

「焦らさないで、早く教えてください」

「石田さんって、案外、気が小さくないですか」

夏川真理にとって自分はどういう存在なのだろうと真人は思う。

「その通りですけど、それが何か」

「面白い。開き直ったりするんだ」

「夏川さん、失礼だけど他人の部屋ですよ、まるで女王みたいに落ち着き、高飛車な質問をして変じゃないですか。それにもうひとつ。赤井の部屋にどうやって入室したのです？」

「三十階のバルコニー伝いに、鍵のかかってない窓から入ったとか……」

「冗談は止めてくれませんか」

真人は苛々してきた。

「ジョークが通じないんですね。まあ、いいか。わたし、この部屋の鍵を持ってるんです。赤井から預かった鍵じゃないですけど」

「え？」

「このマンションには、カードキーとシリンダーキーがあるの知ってます？」

「僕はカードキーしか使ってない」

「そうですよね。シリンダーキーはみんな保管して使わない」

「まさか、盗んだとか……」

「借用して、合鍵を作ったのよ」

「合鍵だって！」

「そうよ。だってわたし、家政婦ですもの」

「だったら、赤井から預かればいいじゃないですか」

「赤井が他人に鍵など預けると思う？」

「もういいですよ。僕が知るわけない」

真人は真理が面倒になった。

「GPSは横浜駅前の髙島屋を表示しているわ。なんと二時間もいるのよ」

二時間も赤井を見張っている真理のほうが異常である。

「男がひとりでデパートに二時間もいるかな？　女と買い物か」

「紗栄子さんと一緒とか？」

「ショパンのママでないことはたしかだ」

「どうしてです？」

「昨日の経済新聞で、玲子ママにインサイダー取引で課徴金二千五十万円の納付を命じるという記事が掲載された。夏川さん知らなかったの？」

「うち新聞取ってないから……それじゃデパートで買い物してる場合じゃないわよね。まさか逮捕されたとか」

そのとばっちりで会社を馘になったことを、今ここで真理に告げる気はない。もしゴシップ好きの夏川真理に話したら、マンション中に広がる。

「とにかく、この部屋から出ませんか。落ち着かないでしょ」

「スタバにでも行きます？　インサイダーの話、聞きたいわ」

「いいですよ。行きましょう」

真人も紗栄子の話をもっと聞きたかった。

玄関に向かう途中で、真理が手招きして寝室に誘った。

「凄いでしょう」

「キングサイズベッドですね」

「違う違う。大型金庫よ」

ウォークインクローゼットの奥に古めかしい金庫が鎮座していた。

「いかにも、金貸しの不動産屋らしいですね」

「そうね……」

真理は寝室を出た。

カードキーではなくシリンダーキーでドアに施錠するのを真人は初めて見た。シリンダーキーは紛失しそうで、入居時からカードキーを使っていたのだった。カードキーだと財布のカード入れに保管できる。

高層用エレベーターで一階に下りたら、「スタバじゃなく、他人を気にせず話せるお店にしませんか」と真理は言った。真人もそのほうがありがたかった。

「ホテルのカフェは？」この近くには有名なホテルがいくつもある。「インターコンチのラウンジバーはどう」

「海が見えるラウンジバーですね。何年ぶりかな」

夏川真理は嬉しそうに言った。パシフィコ前にさしかかると、あの早朝の出来事が真人の脳裏をよぎった。赤井と玲子の迫真とも言える芝居に乗せられたのである。

午後四時過ぎのホテル二階のラウンジバーには空席があった。

「ケーキセットをお願いします」

真理は地味な紺色のワンピースを着ていた。真人は生ビールとカシューナッツを注文した。

まだ梅雨は明けず空は鈍色《にびいろ》に曇り横浜港はくすみ、どんよりとした景色が眼下に広がっている。静かだった。

「このケーキ、美味しいわ」

「ビールもうまいなあ」

　真人は喉がカラカラだったことに今気づいた。朝から緊張と失意に打ちのめされ、水分の補給すら忘れていたのだ。

「もしGPSを仕込まれていたら、僕がインターコンチにいるのを紗栄子はわかるのかな？」

「失礼だけど赤井と一緒なら、石田さんのことなど眼中にないのでは……」

　訝しげな顔と大きな目が真人の内面に突き刺さる。

「そうだよね、この時間は通常なら会社ですからね」

「わたし、お訊きしたかったのですが、何かあったのですか？」

　真人はビールを飲み干し、言うべきかどうか思案した。だが、明日から真人は行くところもなく、やる仕事もない。つまり無職になるのだった。そうなれば思わぬ時間帯に夏川真理とマンションの通路やエレベーター近辺で顔を合わすことも考えられた。

「この際、互いが現在抱えている問題を話し合うというのはどうですか。僕は夏川さんがなぜ、あの時間に赤井の部屋にいたのか訊きたいですよ」

「わたしもなぜ石田さんが血相を変えて赤井さんの部屋に来られたのか、聞かせて欲しいわ」

共通しているのは、赤井の部屋で鉢合わせした理由を互いに知りたいということである。

「僕から話しましょう」

ここで話さなければ、真理も語ってくれない気がした。

真理は残りのコーヒーを飲み干し、真人をじっと見つめた。

「今日、会社を馘になったんですよ。山本玲子に内部情報を提供した、つまりインサイダー取引に僕が加担したという理由でね。これは濡れ衣ですが、会社はたとえそれが噂でもまずいのです。現在会社は例の燃費不正疑惑でマスコミに叩かれている最中だし、そこで社員がインサイダー取引容疑で逮捕されると困るのです」

「濡れ衣なら晴らすべきじゃないですか」

話の途中で真理は口を尖らせた。

「今月、川崎店長に左遷降格されましてね。会社に未練もなくなり、自己都合退職にしてやると言われ、承諾せざるをえない状況になったというわけです」

「社内の複雑な人間関係もあるのでしょうが、罪を着せられるなんて理不尽じゃありませんか。まるで時代劇もいいとこですよ」

　真理は顔を真っ赤にして憤った。他人が自分のために憤慨してくれる。クールな紗栄子を思い出し、余計に真理の反応が嬉しかった。

「僕の事情はまたあとで話しますが、夏川さんの事情を早く聞かせてください」

「わたしが赤井さんの部屋にいた理由ですよね」そう言うと真理は微笑んだ。「わたしが赤井さんから借金してる話はしましたよね。最初は利息相殺で部屋の清掃を頼まれたのですが、それが高じて家政婦になったのです。恥ずかしい話ですがこれといった特技もなく、お金に困っている主婦のやれることなどこの程度ですよ。わたしは色気もないし、そういった面で男性のお役には立てませんし……」

「そうでしたか」真人はうなずいたが、本音は合鍵を作った理由が訊きたかった。「ところで夏川さん、さっき合鍵で部屋に入り、何をしてたのです？」

「想像できます？　ちなみに、清掃ではありません」

「赤井の正体を暴くために、部屋中を物色してたとか？」

「すごーい。その通りです」満面に笑みを湛え、すぐに暗い顔になった。「赤井の下劣さに反吐《へど》が出るの。金さえやれば人はなんでもすると思っている。それを喜んで見ている。教養のない人間の傲慢さに、ぶちのめしてやりたくなる衝動が突き抜けてくるのよ」

真人は真理の激しい気性に圧倒された。いつもは他人をうかがうような目付きで顔はニコニコしている。その仮面の下に隠れた正体こそ、ゆがんだ優越感ではないかと思った。

「とにかく、得体の知れない男だ。風貌からして胡散《うさん》臭い」

「ところで、石田さんは、これから先どこかにお勤めされるつもり？」

「退職金が出るまでは、浪人します」

「あらっ、もうこんな時間だわ。夕飯の支度しなくては。子どもが待ってるので、失礼してもいいですか」

そう言うと真理は財布を取り出した。

「どうぞお先に、ここの勘定はいいです」

「ご馳走さまでした。もしよろしければ電話番号交換しませんか」

「そうですね」

真理は真人のスマートフォンに自分の番号を入力してコールし、自分の氏名を書き込んで真人に渡した。

「交換できました。失礼します」

真理は深々と頭をさげ、ラウンジバーを出た。

残った真人は放心状態のままハイボールをオーダーした。しばらくここで今日一日を振り返り整理しないと、帰宅して大変な事態が起こる予感がした。

紗栄子が赤井と行動を共にしているのではと考えると正常な感覚を喪失しそうであった。それに会社を辞めさせられたことに、紗栄子がどう反応するか怖かった。

夕方六時を過ぎるとひとりでラウンジにいるのが気まずくなり、勘定を済ませホテルを出た。歩いて五分とかからないマンションに着き、自動ドアを抜けコンシェルジュのいるフロントを通り、吹き抜けの広い通路を歩いてエレベーターに乗った。いつもと違う感覚の帰宅であった。カードキーで玄関のドアを開け靴をぬいで廊下をすすむ。ただいまという声が出なかった。

「あらっ、もう帰ったの」

店長になってからは、夜十時過ぎの帰宅がつづいていた。勤務先が川崎になり通勤時間が長くなったこともあった。

「ああ」

と返事だけし、着替えてリビングのソファに座り、テレビをつけた。

「デパートのお弁当だけど、食べる？」

キッチンで味噌汁を作りながら紗栄子が訊く。デパートと聞いて心臓がキューッと締めつけられ、脈拍が速くなった。テレビを消し、黙って食卓につく。

「また何かあったでしょ。顔に書いてあるわよ」

紗栄子はいつになく上機嫌だった。弁当の包装紙が髙島屋だった。食卓に味噌汁の椀が二つ、缶ビールはなかった。

「食べないの？」

先に箸をつけ訊いた。

「大事な話がある」

「わたしお腹空いてるから、食べながら聞くわ」

どこか冷めて見えた。

「本社は懲戒解雇と言ってきたが、泉社長の配慮で自己都合退職になった。俺は山本玲子のインサイダー取引の情報提供者で、新聞に載った会社関係者ということにされた」

「そうなの……」

驚くそぶりがない。まだ弁当を食べている。真人は箸を置いている。沈黙があった。

「別れるか」

インターコンチのラウンジで、さんざ考えた末の結論だった。

「なんで急に、そっちに話がいくわけ」

「職を失った男と一緒にいても仕方ないだろう」

「なんかわたしに原因があるような言い方に聞こえる」

「じゃあ、メシ食うの止めろよ。ひとが真剣に話しているのに、茶化されているような気分になる」

「ほかにも会社はあるじゃない。太平自動車しか知らないからダメなのよ。会社辞めるのなんて珍しくないじゃない。理由は様々だろうけど、なんでそんな悲劇的な結論になるわけ」

　さすがに箸を置き紗栄子は捲し立てた。

「じゃあ訊くが、おまえ今日どこにいた」

「だからデパートのお弁当買ってきたでしょ」

「誰とデパートに行った」

「三十階の赤井さんと一緒に行ったけど」

「おまえが金借りてる男か」

「そうよ。よく知ってるわね」

　口の利き方が普段の紗栄子とは違う。突っかかり、皮肉がかぶさる。

「そんなことより、俺は会社を馘になったんだ」

「玲子にのこのこついていくからハメられたのよ。わたしのせいじゃないからね」

「自分のことは棚に上げ、ひとのことを責めて楽しいか」

「楽しいなんてふざけないでよ。借金の上に失職が重なったのよ。わたしが働くしかないでしょ」

「その相談に赤井のところに行ったわけだな。山本玲子の名前が新聞に載り、ショパンのママはもうできない。赤井はおまえをママにしてくれるのか」

「そういう勘だけはいいのね。その通りだわ。夜の商売をするにはまず服が必要だから、デパートで買った」

「赤井に買ってもらったんだろう」

「こんな不毛な話止めない？　それよりも、次の就職先を探すのが先でしょ」

話をふられ、真人の怒りの矛先がにぶった。冷めた味噌汁を啜り、弁当を流し込むように食べた。涙が出そうなほど悔しかった。不貞の妻に諌《いさ》められているのだ。

夕食を終えると紗栄子は書斎にこもり、真人は久しぶりにゆっくりと湯に浸かった。

八時半にクラブショパンに電話を入れてみた。「ママは休みです」と店長らしい男の声が返ってきた。明日は来るかと訊くと、「来るはずです」と答えたので電話を切り、エレベーターを乗り継いで二十五階の玲子の部屋に行った。インターホンを何度押しても反応はなく、室内にいる気配もなかった。先ほど交換した電話番号で夏川真理にショートメールを送信した。

——お会いして訊きたいことがあります。私は何時でもかまいません。連絡ください。

——今からならスタバで会えます。

即行で返信がきた。

——それではスタバで待ってます。

——了解です。すぐ行きます。

真人はエレベーターで一階に下り、スタバに向かった。無性に赤井の正体が知りたくなった。玲子には会えず、紗栄子に訊いても言わないだろう。夏川真理に訊くのが手っ取り早いと思った。

夜九時、ジャズのBGMが流れるTSUTAYA併設のスタバは静かで、大学生や年配者が読書やパソコンに没頭していた。邪魔にならないように隅の席を確保し、コーヒーを注文した。

しばらくして、黄色い洒落たワンピース姿の真理が席に来た。厚めの化粧をしている。昼間の真理とは別人のように思えた。

「夜中に呼び出してすみません」

「主人もいませんし、子どもの夕食がすむとひまです。テレビも見ませんし、会話が趣味というか好きなんです。わたしも気になっていたのですが、紗栄子さんどうでした？」

真理の瞳と唇が艶めかしく見えた。それに真人の胸のうちをうかがうような表情に少女のような面影があった。

「夕食は髙島屋の弁当でしたよ」

「そうでしたか」

それ以上訊こうとはしなかったが、察しがついたのだろう。

「我が家に思いもよらぬ事態が起こるタネを蒔いたのは赤井豊じゃないかと。それで彼について知っていることすべて教えてくれませんか、夏川さん」

インターコンチのラウンジでの穏やかな真人ではなくなっていた。

「赤井は元々は不動産やくざ、バブル期は地上げ屋。今は地面師です」

「地面師？」

初めて耳にする用語とその響きに真人は放心した。

「詐欺師です。土地を不法に掠め取るグループみたいです」

夜中のスタバで物騒な話になったが、真理は平然としている。

「どうしてそれがわかったのか教えてもらえます？」

「月に一度利息を払いに赤井の部屋を訪ねるのですが、家政婦になって掃除洗濯をして利息を相殺してもらうのです。あまりにも惨めな話でしょ」

「その話は聞きました」

真人は地面師の話が聞きたいのだ。

「これ、絶対内緒ですよ。紗栄子さんにもしゃべってはダメですよ」

「わかってます」

「これからお話しすることはすべて事実ですから、お願いしますね」

「ラウンジのときとは違い、自信たっぷりじゃないですか？　約束は守りますよ」

真理の顔が輝いて見えた。

「じつは前々から実行しようとは思っていたのですが、半月前、赤井が株価に夢中でタブレット端末に見入っている隙にテレビの裏側のコンセントに盗聴器を取り付けたのです。専用受信機とセットのコンセント型盗聴器です。ネットで大枚はたいて買いました。これですよ」

手提げの紙袋に入っている専用受信機をチラッと見せた。

「夏川さんは聴いたんですよね」

盗聴器と言われ真人は疑心が消えた。これ以上の真実はない。

「自宅に帰りさっそく受信機のイヤホンを耳に当てましたが、音の鮮明さに感動しました。

それから半月間、驚愕することばかりで、盗聴器の凄さと会話の酷さを知りました。しゃべっているのは身近な人物ですから。聞き覚えのある生々しい声が耳の穴を突き抜けると、脳細胞が小刻みに震えて、体力を消耗します」

真人は喉が渇き、残りのコーヒーを飲み干した。そして顔が緊張と興奮で強張るのがわかった。それこそ紗栄子と赤井のただならぬ会話ではないかと想像した。

「みらい不動産の小室という男が玲子に、おまえのせいで中古車センター用地の売買が怪しくなったと詰る場面があります。小林と共謀して石田を罠にハメたとか、週刊太陽にタレこんだのはおまえだろうとか、太自株を空売りしただろうとか、そんな会話があって……」

話の途中で、真人のからだに電流が走った。

「その件は、あとで聴かせてもらいます。紗栄子については、どんな話でしたか」

「わたしの口からは言えません。石田さんは録音を聴かないほうがいいですよ」

真理はためらいながら告げた。

「さわりだけでもいいから、聴かせてください」

「例の洗濯を頼むよ、と赤井が紗栄子さんに言う場面があります。この意味、石田さん、わかります？」

真人の目から涙がこぼれた。手で拭ったが、離すとまた涙が出た。

「だから、録音は聴かないほうがいいと思います」

洗濯こそ真人と紗栄子だけの新婚当初からの隠語なのだ。だが、真理はその意味するところを知っているのだろう。頭の中がくらくらする。

十時を過ぎていた。TSUTAYAの営業は午前二時までである。

「じつは石田さんにお願いがあります。こんなこと頼んだりしていいですか」

「ひまですから、僕で役に立つならやりますよ」

真人はかろうじて態勢を立て直し、そして平静を装った。

「赤井と玲子が共謀して石田さんに近づいたということはですよ、目的はインサイダー取引ではなく、中古車センター用地の件じゃないかと思うのです」

それこそ今期の販社予算に計上しようとしていた取得用地であった。この土地に細工でもされれば、販社は甚大な損害をこうむるところだった。

「間違いないですね」真人がうなずくと、「玲子を助けたのは、司法書士の田中先生というくだりを受信機で聴いたのですが、心当たりありますか？」と真理が訊いた。

司法書士の田中権蔵もグルだったのか。

「司法書士がからめば、土地登記の不正は可能かもしれません」

「夏川さんはなんでそんなに詳しいのです」

「地面師の手口を調べてみたら、司法書士がグルになれば可能だということがわかったのです。中古車センター用地の土地の前所有者はわかりませんか」

真理の目付きが鋭くなった。

「僕の後任に頼めばわかります。登記事項証明書のコピーがあります」

「お願いできますか」

「明日にでも頼みに行きます。まだ太自に籍は残っていて、今月は有給休暇扱いですから」

「紗栄子さんも赤井に踊らされてなければいいのですが……」

今は紗栄子のことは考えたくなかった。

「そろそろ帰りますか」

もう十一時近くになっていた。

4

「今朝の食事でわたしが作るのは終わりにします。今夜から働きに出ますから、食事は自分でまかなってください」

翌朝の食卓で紗栄子は告げた。

紗栄子とは何も話す気がしなかった。

「出かけてくる」

スーツに着替えて言った。

「しばらく互いに干渉しないということにしてください」

「結構だ」

勢いよく玄関を出た。向かうは古巣の販社本社である。エントランスを入ると、「石田さん、おはようございます」と、受付の女の子が笑顔で応対した。

「菅野部長に用があってきたのだけど、取り次いでくれたら助かる」

「承知しました」

受付で待つこと五分、四階の会議室で会うことになった。

「また面倒なことでもあったのか？」椅子に座って待っていた真人に菅野は言い、「こっちは車が売れなくて参ってるよ」とぼやいた。

太平自動車に国土交通省の立ち入り検査が入り、燃費実証試験の調査がはじまっていた。

「俺のせいでおまえに苦労かけ申し訳ないな」

「おまえに謝ってもらってもなあ。おまえだって被害者なんだしさー、だが辞めて正解かもしれないぞ」

菅野は相変わらずいいやつで、掌を返したような態度はとらなかった。

「大変なときにすまないが、調べて欲しいことがある」

「なんか面倒なことじゃないだろうな」

さすがに懲りているのか、二つ返事ではなく警戒した。

「引き継いだ中古車センター用地の件だが、どうなってる？」

「あの東神奈川の国道沿いの物件か。今回の騒動がなかったら締結してたんじゃないか。立地もいいし、不動産鑑定士も土地価格を格安と評価したしなあ」

「地元の昔からの地主で、昨年旦那が亡くなり奥さんが相続したが、高齢ということもあって関内の不動産業者が買い取った物件だ。登記簿上では転売もないきれいな土地で、まったく問題にしてなかった」

「それがどうかしたのか？」

「いや、気になることがあってな、前の持ち主の住所と名前を教えてくれないか。登記事項証明書のコピーを見ればわかるだろう」

「なるほど、物件は念には念をいれることが大事だ。それにしても退職するのに熱心なやつだな。おまえみたいに愛社精神の強い社員が馘になるのはやりきれないよ」

内密だぞと耳打ちして、菅野は登記事項証明書のコピーを渡した。

桜木町から電車に乗り東神奈川駅で降りると、タクシーで六角橋に住む地主の自宅に向かった。梅雨の最中であった。古びた格式のある庭付きの一軒家は雨にぬれ霞んで見えた。広い敷地で玄関まで十メートル、傘を差して歩いた。インターホンを鳴らしたが応答はなく、年代物の木製ドアに手をかけると開いた。

「こんにちは。山口さん、ご在宅ですか」

玄関口で大声で呼びかけた。

しばらくすると、白髪に気品のある老婦人がゆっくりとした足取りで現れた。

「こんにちは、山口百合子さんのお宅ですか」

真人は丁寧なお辞儀をした。

「ああ」老婦人の声はうつろだった。「郵便屋さんでしたか」

「郵便屋ではありませんが、お話があって来ました。立ち話で結構ですので、よろしいでしょうか」

言ってはみたが強い違和感に面食らった。

「娘は出かけております」

「娘さんじゃなくて、お母さんに用があって来ました」

「わたしはお母さんじゃなくて、娘の母です」

真人は納得した。完璧な認知症である。退散するしかなかった。

「ごめんなさい。失礼しました」

「郵便をください」

「今日の郵便はありません」

「嘘つき」

小走りに駆け出した。通りでタクシーを止め、みなとみらいに直行した。タクシーの中で夏川真理に電話で事情を話すと、自宅に来てほしいとの返答があった。

十八階のドアホンを鳴らすと玄関が開き、真理がいた。間取りは真人の部屋と同じ2LDKであった。さすがに綺麗好きと見え、フローリングもピカピカで部屋全体が新築マンションのように清潔で塵ひとつなかった。

「認知症のお婆さんに狙いをさだめた典型的な地面師の手口だわ。問題は関内の不動産会社と、田中とかいう司法書士だわね。だけど、娘さんがいたおかげで助かったわねェ」

一夜明けると、真理の口調に微妙な変化が現れた。真人と対等の口の利き方になった。

「真理さんは、よくもいろんなことを次から次へと思い付くね」

リビングのソファで紅茶を飲みながら、真人も真理を名前で呼び、口調を変えた。

「関内の不動産会社を訪ねても相手にしてくれないと思う。ここは娘さんに会って訊くのが正解じゃないかしら」

話に筋が通っている。

「同居か近くに住んでるか訊かなかったけど、広い敷地に独り暮らしってことはないだろう。玄関の鍵が開いていたから、お手伝いさんがいて出かけていたかもしれない」

「そんなことをいくら考えても埒が明かないでしょ。電話よ、電話。電話すればいずれ娘さんが出てくるわよ」

とたんに真理の口調が厳しくなった。

「でも、電話番号わからないしなあ」

「それでよく大企業の管理部長がつとまったわよね。もっとも大企業だから些細なことなど知らなくても関係ないのでしょうけど、中小零細企業なら戦力外だわ」

そこまで言われるとさすがにムカつく。冷めた紅茶がよけいまずかった。

「104をコールするとオペレーターが出るから、住所と氏名を言えば教えてくれるわ」

「わかった。訊いてみる」

スマートフォンでコールしたらオペレーターが出た。住所と氏名を告げると、番号が案内された。さっそくかけると、しばらくコール音がし、「山口でございます」ときりっとした女性の声が返ってきた。

「わたくし、太平自動車販売の石田と申します」

「車なら間に合ってますので結構です」

「いえ車ではなく、山口様の土地だった東神奈川の国道沿いの用地を購入しようと考えておりまして……」

「何かの間違いじゃございませんか。あの土地を売る気はございません。失礼いたします」

電話が切れた。真理はスマートフォンに耳を近づけ聞いていた。

「了解です。ご苦労さま」

顔が笑みで輝いている。

「もうこんな時間。お昼ごはん作るので、一緒に食べませんか」

そう言うと真人の返事も聞かずキッチンで昼食の準備をはじめた。真理の喜びようは異常としか言いようがなかった。赤井への恨みや憎しみがよほど積もり積もっているのか。

チャーハンと餃子とスープができあがるまでに、十分とかからなかった。

「料理も早いですね。神業だ」

「冷凍食品だから、フライパンで温めただけよ」

食卓に座り顔を近付けて食べた。真理のリスのような目が真人を射た。

「関係者の名刺が必要だわ」

「みらい不動産の小室雄二と司法書士の田中権蔵の名刺ならある」

「それで十分だわ」

「しかし、登記事項証明書に不正があったとしても、その手口を暴くのは素人の手に負える範囲を超えてると思うけどなあ」

真人の素直な疑問は真理に払拭《ふっしょく》された。

「だから、告発するしかないでしょ。神奈川県警捜査第二課に匿名で告発文書を送り付ける。田中が登記を偽造し、小室が売りつけた。それにもうひとり玲子がいるわけでしょ。仲間割れに見せかけるか、無難なのは太平自動車販売関係者を装えば、信憑性は高まるはずじゃない。でも、販社関係者はまずいわね。またまた真人さんが疑われる。インサイダー容疑だって、これから県警が取り調べに来るかもしれないじゃない。とにかく、グループの黒幕は赤井豊だとチクればいいわ。捜査第二課が動けば、きっと大事件になるわよ」

マンション内の噂話好きの地味で目立たない主婦と思っていた真理こそ、見かけが華やかな玲子や紗栄子より頭が良くて、恐ろしい女だったのだ。

週刊太陽の記事により真人の人生は思わぬ事態におちいったが、赤井とてそうならないとはかぎらない。夏川真理の真の狙いこそ不明だったが、無念を晴らすためにも真人はやるしかないと思ったし、真理と共謀することが生き甲斐に思えてきた。

「名刺なら自宅にファックスする。なんなら関係ファイルを貸し出してもかまわんぞ。東神奈川の中古車センター用地取得は最終的に見送られた。これから会社はリストラ対策だ。えらいことになったよ」

菅野は電話口で捲し立てた。

しばらくするとファックスで関係者の名刺のコピーが送信されてきた。

午後五時。今夜が出勤初日の紗栄子は今までになく生き生きしていた。真人の日中の行先や行動に何ひとつ口を挟まなくなった。家庭内別居である。とは言え2LDKは狭い。部屋でかちあったが互いに無言でやり過ごすと、紗栄子はモスグリーンのドレスワンピースに厚めの化粧をして出かけた。

すぐ真理にメールする。親子三人で夕食中なのであとで連絡しますと返信があった。待っている時間が長く感じられた。キッチンの棚を開けるとカップヌードルがひとつ置いてあった。IHで湯をわかす。久しぶりに食べたが腹が減っていたので美味《うま》かった。

真人は家事の経験がなく、毎月の小遣いも残りわずかで貯金もなかった。

外食もできず自炊するにも料理はできないし、冷蔵庫を開けてみたが食材も乏しい。不安が募ってきた。これからどうやって生活していくか考えると、一刻も早く就職先を見つけるしか手立てはなかった。

真理からメールがあり、神奈川県警に送る告発文が書けたらメールして欲しいと催促された。どう書けばいいか自分にはわからないと返信すると、仲間割れによる密告で告発すれば捜査第二課は動くといい、スマホで名刺を撮ってすぐ写メしてとメールがきた。

それなら真理が告発文を作成すればと言ってやりたかったが、とりあえず名刺を一枚一枚撮って送った。すると馬鹿ね一枚一枚撮るなんて、スマホは画面を拡大できる機能があるから手間かけ損だと指摘された。メールが面倒になり電話で話そうと送信すると、昨夜もママは遅くまで外出してたと娘に皮肉られたから、電話でこそこそ話すのはムリだし、メールも怪しまれるから終わりにしますと返信してきた。

告発文の作成は真理にまかせることにした。真人にはできなかった。これは犯罪だ。それに赤井を県警にチクって何か得るものでもあるのか。巻き込まれて損をするのはいつも自分だ。玲子へのインサイダー情報提供者としての疑惑で、捜査第二課からいつ取り調べを受けるかわからない。それを思うと身震いがした。

やる気がなくなると、忙しかった一日の疲れが襲ってきて眠くなった。こういうときは、金があればクラブでホステスと飲むのも悪くない。できることなら焼酎のボトルをいれたショパンに行きたい。素知らぬ顔で、紗栄子の初ママ姿を見てやるのも悪くはないか――。ふと思いつき、ショパンに電話した。男の声がしたので玲子ママはいるかと訊くと、玲子ママは辞めたがサエママがいますのでお待ち申していますと返された。

ソファでうとうとする。メール着信音で目が覚めると時刻は九時をまわっていた。三十分ほどうたた寝していたようだ。

真理から長文のメールが届いていた。地面師の手口が鮮やかに描写されており、感心した。みらい不動産の小室は認知症の山口百合子宅に主治医を装って上がり込み、本人確認のためと言って健康保険証と印鑑証明、実印をあずかり、司法書士の田中権蔵が法務局で東神奈川の土地を不正登記した。その後、神奈川太平自動車販売に中古車センター用地として売買を持ちかけた。さらにグループの黒幕である赤井豊の贅沢な暮らしぶりにも言及していた。圧巻のタレコミに仕上がっている。文末に、パソコンでワード文書にし印刷して神奈川県警捜査第二課長宛に無記名で明日投函してください、とあった。

パソコンに文字を打ち込んでいるとまるで自分で書いたような気分になった。上出来である。真理の才能が悪事に発揮されることに戦慄を覚えた。だが、真人は完成した文書を投函するつもりなどない。そのまえに真理の意図を探る必要がある。

もうお人好しの真人ではない。小林や玲子なら仕方ないが、妻の紗栄子にすら裏切られたのだ。真理も裏切るかもしれない。頭の切れる真理こそ、もっとも手ごわい相手かもしれなかった。

紗栄子が帰宅したのは午前三時近かった。寝室のダブルベッドには、他人の空気が漂っていた。

真人が六時に起床すると雨が止んでいたので、臨港パークを散歩した。霞がかかる横浜港にベイブリッジが弧を描く姿がおぼろに見えた。梅雨が明けると暑い夏がやってくる。だがその夏は、希望のかけらもないただ暑いだけの日々かもしれないのだ。

公園を出てパシフィコ前に来た。罠にハマったとは思わず、赤井に腹を立て、玲子に感動したことが今はなぜか懐かしく感じられた。ひとは大事なものを失うと、過去を憎めなくなるのだろうか。真人にとって失う大事なものが会社か紗栄子かと問われれば、境遇という答えしかない。つまり落ちていく自分だった。

コンビニで経済新聞を買いマックに入り、朝食セットをオーダーし席についた。久しぶりの早朝マックであった。店内はサラリーマンで混んでいた。

新聞には太平自動車の燃費不正で国土交通省の検査結果が近日中に公表されると書かれていた。

八時になり、スマートフォンのメール着信音がした。電話しても大丈夫ですかという真理からのメールだった。真人は急かされるようにマックを飛び出し電話した。

「自宅にある大きなキャリーバッグを持って、今すぐわたしの部屋に来てください」

「朝っぱらから何？　何かありました？」

「呑気なこと言わないでよ。文書投函したんでしょう」

ぞんざいな口の利き方になった。

「子どもたちが学校に行くのを待ってたの。理由は来てから話すから早くして」

「まだ投函してない」

「なに言ってるのよ、近くにポストないの」

「投函する気はないよ」

「なんで？」

「警察とかかわりたくないんだよ」

「だから匿名で出すんじゃない」

「赤井の逮捕には興味がない」

「なによ今更。昨夜まではやる気十分だったじゃない。紗栄子さんと喧嘩でもして、へこんだとか」

「君の本心を聞かないと、行動できない」

「わかったわ、すぐ来て。待ってるから」

電話が切れた。

真人はマンションに戻り、エレベーターで十八階に向かった。インターホンを鳴らすとドアが開き、水色のタンクトップを着た真理が玄関口で、いきなり抱きついてきた。

真人は閉めたドアを背にして、真理のむさぼるようなキスを受けた。

「わたしのこと、嫌いじゃないでしょ、ねえ」

執拗な真理に真人は閉口した。

「部屋で話そう」

「わかりました」

急にしおらしくなった。

リビングのソファに並んで座った。真理が真人の左手を両手で握りしめる。

「赤井の逮捕が目的ではないだろう」

「そうよ」

お互い前を向いているので表情がわからない。

「金か」

「ええ」

「赤井の金庫でも開けたのか」

真人はぞんざいな口調になった。

「はい」

「盗聴器を仕掛けるぐらいだから、金庫のダイヤル番号や鍵とかも調べ尽くしたのだろうな」

「スマホのメモ帳を覗き見したの」

「金額は？」

「五億。全部盗んだ金なのよ。逮捕されたら、国に没収されるだけだわ」

「詐欺師の金をくすねるわけか。罪悪感は薄れても、仲間とかに復讐されたら命がないかもな」

「それがとても怖いの」

真理の本音が出た。

「ねえ、抱いてください。お願いします」

真人の胸に顔をうずめた。

「そのまえに、盗聴器の録音を聴かせてもらえないか」

紗栄子を愛していたら聴きたくなかったが、ふたりは終わった。だが、未練がないと言ったら嘘になる。

「聴かないほうがいい、衝撃的で後味が悪いから。互いのからだを洗濯するのよ。あなたなら聴かなくても想像できるはずだわ」

真人は言葉を失った。

「それでも録音が聴きたかったら、わたしの提案を聞いて欲しいの」

「現金強奪を手伝わせたいのか」

「わたしがお願いしても、抱いてくれない。女としてこれほど辛く恥ずかしいことはないわ。魅力のかけらもない女だからって、バカにしないで」

真理は泣いていた。

「提案は聞くよ」

気の強い真理に横で泣かれ、真人は折れた。

「わたしと一緒にハワイに行って、子どもたちの父親の代わりをして欲しいの」

「ずいぶん急な話だな。今からハワイを予約するのはむずかしいだろう」

「手配してあるわ」

「俺の航空機の座席は、キャンセル待ちしかないだろう」

「大丈夫よ、取ってあるから。じつはあなたがポストに投函したらすぐに金を奪って、海外に行くつもりだったの。日本でびくびくしたくないから」

「すべて計画済みだったってわけか」

「うん。でも決行は帰国後に変更する」

真理は真人にしなだれかかった。

「ねえ、一緒に行きましょうよ」

「そのまえに、子どもに会いたい」

悲惨だった心に薄陽が差した。

5

ビジネスクラスで行く空の旅は快適だった。羽田から夜九時の飛行機に乗り、七時間かけて朝九時にはホノルル国際空港に着くのだ。

機中泊に最適なゆったりしたフルフラットシート。手足を伸ばして眠りについた真人に、この一か月余りの出来事が執拗にまとわりつき、走馬灯のように頭を駆けめぐった。忌まわしい記憶を拭い去るためにもハワイは最高だったし、すみれと健が一緒なのが救いでもあった。

出発する二日前に家族とランドマークタワー内にあるレストランで夕食を共にした。

「石田さんよ。紗栄子さんのご主人だけど、ハワイ旅行に一緒に行ってもらうことになってね。挨拶しなさい」

夜景がきれいな窓際の席で、真理はぎこちなく真人を子どもに紹介した。

「僕、健です。四年生で得意はサッカーなんだ。成績は普通かな」

ローストビーフをがつがつと食べた。顔は真理に似ている。小柄だが敏捷そうで、物怖じしない少年だった。

「小六のすみれです。ママ、石田さんの話をすると、目が輝くのでどんな方かドキドキしました。やはり長身でイケメンだった」

すみれは真理よりも背が高く、利発そうな顔に可憐さが備わっていた。

なぜ真人が同行するのかという説明はなく、子どもたちも訊かなかった。

昨日は車で真理と伊勢佐木町に近い長者町の金庫店に行った。店内は広く、様々な金庫がドンと並んで置いてあった。まさに金庫の倉庫だ。

「指紋認証式の最新型金庫を見せてください」

真理は案内してくれた店員に言った。

「お高いですけど、これなんか指紋認証と暗証番号がセットで、履歴閲覧ソフト付きですから開閉者ならびに時刻を記録してくれるすぐれものです」

百万円が三割引きになっていて七十万だった。

「配達はすぐしてくれるのですか」

「それはもう代金さえ頂戴すればこれからでもお運びします」

店員は両手をあわせニコッと笑った。

「ありがとう。また来ます」

真理はハワイから帰国後、やるつもりなのだろうと思った。

「指紋登録は真人さんにするね」

帰りの車中で言われドキッとした。

その真理は、隣のシートでぐっすりと眠っていた。

初めて乗るビジネスクラスは快適で真人もいつしか寝ていた。

「当機はまもなくホノルル空港に着陸します。ハワイアン航空をご利用いただきありがとうございました。みなさまと再びお目にかかれる日を楽しみにしています。アロハ」

機内アナウンスが終わると飛行機は滑走路にすべり込んだ。

「ハワイだわ。空が綺麗」

真理は満面に笑みを浮かべた。手荷物を持ったすみれと健も嬉しそうである。

太陽がまぶしく、真人はかけたサングラスをとらずにターンテーブルで到着荷物を待った。

「おじさん、サングラス姿、ハリウッドスターみたいで格好いいじゃん」

健は真人をひやかし、弾けそうな笑顔ではしゃいでいる。

「サングラス姿の石田さん、アメリカのあの俳優に似てない？」

「トム・クルーズだろう」と健が答える。

「そう、ミッション：インポッシブルだよねえ」

荷物が来ないので、すみれと健は真人をダシに楽しんでいる。

「ハワイだからって大人をからかっちゃダメでしょ。子どものくせにもう」

真理は注意したが満更でもない顔だ。

「さー、荷物だ」

真人はターンテーブルから荷物を四つおろした。

「すごい記憶力」

健は両手を広げ、おどけてみせた。いつの間にか家族になっていた。ハワイ旅行のせいに違いない。

空港からリムジンでワイキキビーチ沿いにあるコンドミニアムをめざした。すべての手配は真理がやっていた。部屋はとてもきれいで寝室が二つあり、それぞれにダブルベッド、ほかにダイニングルームとリビングルームがある広くて贅沢なコンドミニアムだった。

「すごい部屋じゃん」

健は素直に喜び部屋中を駆けまわった。ワイキキビーチの白い砂浜の向こうに広がる紺碧の海。

「昼食をかねてアラモアナセンターに行きましょう」

真理が通販で揃えたアロハシャツとデニムに着替える。男女それぞれが揃いという気の配りようだった。仲睦まじい家族に見える。

ハワイ最大のアラモアナショッピングセンターには三百店を超えるショップやレストランが並んでいる。ここだけでハワイを満喫できるといっても過言ではない。

「横浜とは違うね」

アロハシャツ姿のすみれは可愛かった。この美少女が比べる場所はまだ横浜しかないのかもしれない。

「お腹ペコペコだよ。早くごはん食べたいよ」

健が真理の袖を引いて言った。

「何が食べたい」

「お金の心配しなくてもいいの？」

この家族にリッチな外食など考えられなかった。

「ここはハワイだぞ。ハンバーガーじゃなくてステーキかシーフードだろう」

真人が提案した。

「でも僕、でかいバーガーが食べたい。あとパインジュース」

「わたしもバーガーとトロピカルジュース」

ふたりのオーダーでセンター四階にあるバーガー専門店に入り、テラス席でスペシャルバーガーを四つ注文した。

「美味しいよ。最高だね」

バンズにレタス、トマト、オニオン、ピクルスがはさまれジューシーなパテにとろけるチーズがたまらなかった。フライドポテト付きで口に入りきらない大きさである。

腹いっぱいになり時差の関係で眠くなったのでコンドミニアムにもどると、暑さにやられたからだを冷やすためプールに行くことになった。

「素晴らしい眺めだわ。幸せ」

プールのテラスシートでくつろぎながら真理が囁く。ワイキキビーチはすぐそこだ。サングラスをかけた真人は、ビールを飲みすぎて眠くなった。子どもたちはプールで泳いでいる。

七月末のハワイのサンセットは午後七時過ぎである。部屋にもどりシャワーを浴びた真人は、ダブルベッドでひと眠りした。

六時半にレストランで夕食を摂った。子どもたちはステーキ、大人はシーフードにした。海岸線の空を赤く彩る夕日を見ながらの食事は格別だった。

子どもたちは疲れ果て八時には眠った。ふたりになったリビングで、真理の幸せそうな顔を見て、真人は言わずにはおれなかった。

「帰国後に告発文書を捜査第二課宛に投函するのか」

「そのつもりだから、ハワイに来たんじゃなかったの」

「長者町の金庫屋で指紋認証式金庫を下見してたが、赤井の金庫はどんなタイプだ」

「旧式でダイヤル番号に鍵付きのタイプだったわ」

海外にいるとまるで映画の中にでも入り込んだような気分で話せる。

「今回のハワイ旅行の費用だが、どうやって工面した」

「だから、金庫からほんの少しばかり拝借したのよ」

「バレたらどうする?」

「だって、五億よ。いちいち勘定したりする?」

女はやることがみみっちくてかつ大胆だ。

真人も半ばそんなことじゃないかと思いながら、のこのこハワイまでついてきた。それにしても五億は桁外れの金だ。

「俺も共犯者だなあ」

「今更、なに言ってるの。格好つけたって人生は好転しないのよ。良い人ぶるのも、そろそろ卒業したら」

「俺は、ハメられてばかりいるからなあ」

「わたしもそうだって言いたいわけ。だから、真人しか開けられない指紋認証式の金庫を見に行ったじゃない」

真理には敵わなかった。すべて先回りして考えている。恐ろしいほど頭の切れる女だ。

「そろそろ、寝ましょうよ」

「そうだな」

「ねえ、抱いてくれない」

「わかったよ」

「嬉しい。ハワイに来た甲斐があった」

真理が真人の胸に飛び込んできた。

夜半にむごい夢にうなされ飛び起きた。横で真理は軽い鼾《いびき》をかき、満たされた顔をして眠っていた。

夢の中で真人と真理はモーターボートでハワイの小島に向かっていた。真理が持ってきた部屋のポットには冷水が入っていた。小島に上陸して浜辺で冷水をラッパ飲みし、海水浴をしようと思ったら、急にからだが痺れてきて意識が遠のいた。麻酔薬か何かを飲まされたのだ。真理がナイフを取り出し、右手人差し指を切断する。そのあまりの痛さに飛び起きたのだった。真理は真人を殺して人差し指を奪い、それで指紋認証式金庫を開ける。そういう筋立ての夢だった。悪夢である。だが夢とはいえ、何かの暗示みたいで気分が悪かった。

ベッドを離れ冷蔵庫からビールを取り出し、リビングで飲んだ。うなされたような興奮がおさまらず、バーボンの水割りを何杯も飲んだ。日の出は六時だ。コンドミニアムを出て薄暗いビーチを歩いた。しばらくすると朝日が水平線の彼方から昇ってきた。光り輝く大きな太陽が顔を出す。すばらしい景色だ。サンライズを見ただけでもハワイに来た甲斐はあった。

コンドミニアムにもどると真理は不機嫌な顔をした。

「ひとりでどこに行ってたのよォー」

「散歩だよ」

「ひとりで行動するの止めて欲しいんだけど」

「なんでだ」

「だって、わたしたちは同志じゃない」

「同志？」

「同じ行動をしてよ。ひとりで海岸を散歩して、日の出でも見たの？　ふたりで見たほうが楽しいでしょ」

「だって、気持ち良さそうに寝てたからさ」

「起こしてくれたらいいじゃない」

「明日から、そうするよ」

「罪滅ぼしに、モーニングキスして」

「わかったよ」

「気乗りのしない返事ねえ」

三泊五日のハワイ旅行の二日目の朝であった。

6

ハワイから帰国後、すみれと健が林間学校に行った。

その日の朝を待っていたように、真理は神奈川県警捜査第二課長宛の告発文書を投函したのだった。

「今日か、最悪でも明日だわ」

真人に告げると、スマートフォンを手に持ちGPSを凝視した。帰国してから真人は真理のマンションに同居している。

「本当は怖くてたまらないんだろう。さっきから、からだが震えている」

「ねえ抱いて！　思い切り抱きしめて。お願い」

そう言うなり真理のほうから抱きついた。真人のTシャツをめくり、乳首を舐めまわしてデニムを脱がせ、ペニスを頬張った。

これから五億を盗むのだと思うと、真人も心臓がざわめいた。真理は自分でワンピースと下着を脱ぎ、ソファに真人を倒すと騎乗位になって膨張したペニスを秘所にあてがい嗚咽した。真人も全身で真理の欲望をうけとめた。リビングの床に移動すると、体位が激しく入れかわり、これから金庫の金を奪う決意に、ふたりは興奮の極みにいた。

その間も真理はスマートフォンを左手でにぎり、ひとときも離さなかった。

「GPSが動き始めた」

正常位の真人に告げた。

「みなとみらいインターに向かってる」

真人はからだを離した。

「横浜駅方面の高速に入った」

真理は急いで下着をつけ、ワンピースを着た。真人はTシャツにデニムで素早かった。

「行きましょう」

互いにキャリーバッグを引き、エレベーターに乗り込んだが、幸いにも同乗者はいなかった。三十階で降り玄関のドアをシリンダーキーで開けると、寝室に入った。

真理はスマートフォンのメモを見ながらダイヤルを右に左に回した。カチッと音がしてダイヤルが止まる。

「鍵穴だ。鍵はどこだ」

鍵のありかを知らない真人は血の気が引き、顔が蒼白になるのがわかった。

「慌てないで。大丈夫」

「鍵は持ってるのか」

「書棚の辞書の空箱に入ってる」

真理が書斎に走り、寝室にもどると鍵を突っ込んでひねった。金庫が開いた。

「ない……」

真理は床に両手をついた。頭を突き出して空の金庫を覗き込んだ。

「この棚板四枚に札束がギッシリと詰まっていたのよ。一億円で十キロ。五億だと五十キロ。だから、二十五キロ入るキャリーバッグをふたつ用意した」

放心状態でしゃべる真理に真人が言った。

「帯付きの百万円と借用書が一枚ある」

真人は借用書を見た。真理のものだった。

「赤井の爺、わたしが来るのを読んで、当てこすりでもしたつもりか」

「百万円と借用書はどうする？」

「持っていったら、バレるじゃない」

「テレビの裏側のコンセントにセットした盗聴器は？」

「この二、三日電波障害でも起こしたのかと思っていたけど、気づかれたみたい」

真理とリビングに行った。

真理がテレビの裏側のコンセントを持参したドライバーで開けた。

「処理された」

「やられたな」

真人はなぜかほっとした。これで犯罪者にならずにすんだ。

数日後の神奈川タイムズ朝刊社会面に、神奈川県で暗躍する地面師グループが逮捕されたという記事が載った。

『かねて捜査中の地面師グループが、今回東神奈川国道沿いの土地、推定価格五億円を中古車センター用地として売却予定であったが買い主の都合により売却できなくなり失敗。

神奈川県警によると仲間割れによるものと思われる告発が同県警にあり、司法書士田中権蔵（60）を取り調べた結果、同土地を無断で移転登記し登記事項証明書を改ざん。また売り主のみらい不動産株式会社社長の小室雄二（62）は逃亡中。

今回の詐欺未遂事件は認知症の土地所有者の女性（82）を狙ったもので、同居する娘も知らなかったとのこと。未遂に終わり被害を防げた娘は、認知症の母親を嵌めた今回のケースが教訓として役立てばとコメント。

女性を嵌めて得た土地を地価より安く売却しようとした地面師の首謀者は、横浜駅周辺を根城にする地面師集団「横浜グループ」のボスである赤井豊（75）。みなとみらいのタワーマンション最上階に住み、高級外車を乗りまわす豪勢な生活ぶりで、その羽振りの良さが今回の売却失敗により仲間割れをまねいた原因ではと同県警はみている。

なお勾留中の赤井豊は犯行を否認し完全黙秘。本件逮捕の決め手となった告発だが、事件関係者のいずれも関与を否定。同県警は逃亡中の小室雄二を全国に指名手配し行方を追っている。また一味のひとりで赤井の愛人である元クラブ経営者山本玲子だが、インサイダー容疑で勾留中であり、事件の解明が急がれる』

エピローグ

真人たちがハワイに発った翌日のこと。紗栄子は渋る赤井を説き伏せ、みなとみらい総合病院で受診させた。血液検査の結果、白血球の異常な増加が見られた。

「早く入院したほうがいいんじゃないですか」

「そのまえにやることがある」

赤井は寝室で少年のように無垢な顔で笑った。

「おそらく俺は白血病だ。入院すると、抗がん剤の点滴を二十四時間やる。それも一週間ぶっつづけでな」

「でも、すぐ治療しないと命を落とすことになりますよ」

紗栄子は、諭すような甘い声で赤井の胸に寄り添い、上目遣いで囁いた。

「だから、おまえを呼んだ。命の洗濯をしてくれるお礼と思ってくれたら嬉しいが、預かってもらいたいものがある」

絹のガウンを着た赤井はベッドから起き上がり、寝室に置いてある金庫のまえに座った。バスタオルを巻いた紗栄子はベッドに腰掛け、赤井がダイヤルを回しカチッと止まる音を聞いた。赤井はいったん寝室を出、じきにもどり、手に持ったキーを鍵穴に突っ込んでひねる。すると金庫が開いた。

「わー、すごい」

大型金庫の棚板四枚に札束がギッシリと詰まっている。見たこともない夥《おびただ》しい数の札束だ。目が眩み、幾らあるのか見当もつかなかった。

「五億だ」

赤井はこともなげに告げた。これだけあれば、びくびくしないでＦＸ取引が堪能できる。そしてそれはいずれ十億になる。それこそ紗栄子の望むところだった。

「じつは、この金庫のカネを狙っている奴がいる」

赤井の声に凄みが増した。

「奴って、どんな男です？」

「女だ」

赤井はぶっきらぼうに言った。

「女って？　玲子は勾留中だし、まさか、真理さん」

収納からキャリーバッグを取り出して出かけた真人は、現在ハワイに居る。ＧＰＳは便利だ。真理と一緒に違いない。

「まさかじゃない。夏川真理を哀れに思い、これ幸いと俺は彼女を家政婦に仕立て、利息を相殺してやったのが余計だった」

赤井の部屋を清掃している話は真理から聞いている。

「金庫のダイヤル番号と鍵の保管場所を知られたとか？」

「嗅覚の凄い女だ。最初から狙いは金庫のカネだったのだ。いつもへりくだった態度で接してくるから、つい油断したが、性悪だ。性悪女は人の噂話が大好きでな、相手によって態度を変え、ときに豹変する。見分けるのは簡単だったのだが……」

ぶつぶつ言いながら赤井は無造作に金庫を閉め、「リビングで話がある」と紗栄子を促した。

ブルーのトップスに着替えてリビングに行った。

「俺が知っているこのマンションの女三人で、まともなのはおまえだけだ。カネの話をしないでサービスしてくれる」

ソファで美味そうに葉巻を燻らせ赤井は言った。

「それと博打好きの女は魅力的だ。人生は博打だ」

赤井は高揚していた。からだの異変が原因かもしれない。

「スマホを見せてください」

「なんか、悪さでもされたか」

赤井はパスワードを入力して、紗栄子に渡した。

「位置情報サービスとGPS衛星がオンになってるわ」

「俺の居場所がわかるのだな」赤井は考え込む仕草をした。「あの女に、なんで俺のパスワードがバレる?」

「真理さんは、すばしっこいから、掃除中にロック解除してるところを覗かれたのね」

「五時間も部屋を清掃させたから、他にもいろんな悪さしてるかもな」

「最悪は盗聴器だけど、調べてみる」

「素人にそんなことができるのか」

「今は簡単。でも録音式と電波式の二種類があってね、録音式だと、ボールペン型とか電卓型とかがあるらしいけど、回収が必要で面倒みたいよ」

「詳しいじゃないか」

「電波式はあとで録音を聞くことができない。だけど、見つけるのは簡単。周波数探知機を使えば発信場所が特定できるらしいわ」

「紗栄子も使ったことあるみたいじゃないか」

「これ、じつは、真理さんからの受け売りなのよ」

「また、あいつか。どこに仕掛けやがった」

赤井は吐き捨てた。

「コンセント型がポピュラーらしいから、調べてみようか」

「あの女、懲らしめてやる」

紗栄子はリビングのコンセントを全部調べるのは難儀だったので、真理が冗談っぽく話したテレビの裏側のコンセントに的を絞り、赤井が出したドライバーセットでコンセントの蓋をひらいた。

「あったわよ。これよ」

赤井に見せた。

「処分しろ。でも、あの女に今までの会話が筒抜けだったことにならないか」

赤井は顔を顰《しか》めた。

「絶妙なタイミングだったわね。真理さんは、今ハワイにいるから大丈夫」

「あの女から聞いたのか」

「うちの旦那と一緒にハワイに行ったわ。真理さんがいて旦那のGPSを解除しないのは解せないけど、世界のどこにいてもわかるわ」

「なんだって、あの女と旦那がくっついた？」

「そうなの、わたしも疑っちゃうわ。うちの旦那、懲りないというか、お人好しなのか、信じやすいのか、また利用されてる」

「どういうことだ」

「今日、金庫の中身を見て、すべてが飲み込めた。真理さんの計画がわかったのよ」

「金庫のカネを盗む」

「だから、熱心に家政婦やってたんだ。赤井さんを信じ込ませ、この部屋のすべてを知るためにね。いくら利息相殺とはいえ、あのプライドの塊みたいな女性が、五時間も清掃はしない」

「今度は盗みの助っ人をやらされるのか。そのために雇われた。なんて間抜けな男だ」

「そうだけど、もう過去の話よ。それよりも、赤井さんのスマホ、ＧＰＳを解除したらどうかしら」

紗栄子は真理の狙いを阻止したかった。

「いや、おびきよせよう。苦労して開けた金庫が空だったとき、あの女どんな顔するだろうな」

赤井は含み笑いをした。

「それで、うちの旦那は捨てられる」

「気の毒じゃないか。玲子に弄《もてあそ》ばれ、会社は馘になり、女房には愛想をつかされ、最後はあの女にまでか」

「仕方ないわ。そういう人生を選択したのよ。でも旦那に、最後のプレゼントをしたいの」

「プレゼント？」

「離婚届はまだなの。慰謝料を払えば、離婚に応じると思う」

「わかった。それと五億円の保管場所を考えよう。俺に万が一のことがあったら、この部屋はやばいと常々考えてたが、その時が来た」

「ショパンのグランドピアノの中はどうかしら。今は鍵を閉めたままだし、五億入らないかな」

「名案だ。そうしよう」

赤井の顔が晴れた。

「コーヒーでも淹れましょうか」

キッチンに向かう紗栄子の微笑みは赤井には見えなかった。

この作品は書き下ろしです。原稿枚数320枚（400字詰め）。

幻冬舎文庫

●最新刊
ゴールデン・ブラッド GOLDEN BLOOD
内藤 了

都内で自爆テロが発生した。消防士の圭吾は多くの命を救うが同日、妹が不審な死を遂げる。真相を追う圭吾の目の前で連続して発生する変死事件。真犯人は誰なのか。慟哭必至の医療ミステリ。

●最新刊
からくりがたり
西澤保彦

自殺した青年の日記に女教師との愛欲、妹の同級生との交歓が綴られていた。彼女らは次々と惨い事件に遭遇。大晦日必ず起きる殺人。現場には謎の男〈計測機〉……。西澤版「ツイン・ピークス」！

●最新刊
禁忌
浜田文人

元刑事で今は人材派遣会社の調査員として働く星村真一。彼があるホステスの自殺の真相を探るなか、何者かに襲われて……。何故女は死ななければならなかったのか？　傑作ハードボイルド小説。

●最新刊
ゼロデイ 警視庁公安第五課
福田和代

警視庁の犯罪情報管理システムが、何者かに破壊される。捜査が混乱する中、公安部の寒川は新米エリート刑事の丹野と組むことに。世代もキャリアも異なる二人が、巨悪に挑む緊迫のミステリー。

●最新刊
雨に泣いてる
真山 仁

巨大地震の被災地に赴いたベテラン記者・大嶽は、究極の状況下で取材中、地元で尊敬される男が凶悪事件と関わりがある可能性に気づく……。読む者すべての胸を打ち、揺さぶる衝撃のミステリ！

罠《わな》

西川三郎《にしかわさぶろう》

平成29年10月10日　初版発行

発行人——石原正康
編集人——袖山満一子
発行所——株式会社幻冬舎
〒151-0051東京都渋谷区千駄ヶ谷4-9-7
電話　03(5411)6222(営業)
　　　03(5411)6211(編集)
振替00120-8-767643
印刷・製本—中央精版印刷株式会社
装丁者——高橋雅之

幻冬舎文庫

ISBN978-4-344-42659-7　C0193　　に-11-3